illustration／SAE MOMOKI

LAPIS LABEL

眠れる数学教室の受難

Story by Teruna Takeuchi
竹内照菜

イラストレーション／桃季さえ

目次

眠れる数学教室の受難――7
あとがき――262

※本作品の内容はすべてフィクションです。

シンと静まり返った教室に、ホワイトボードへペンを走らせる音が微《かす》かに響いている。

教壇《きょうだん》に立ってスラスラと澱《よど》みなく数式を書き付けていくのは、三年E組のカリスマにして教祖様と呼ばれている桜大路環《さくらおおじたまき》だ。その端整な横顔は、男子校にして熱烈なファンを獲得《かくとく》してしまうだけのことはあるだろう。

「この数式をグラフにすると、カーブは常に急上昇を続けて永遠に終わらなくなる」

ウェーバーの法則だと簡潔《かんけつ》に説《と》く環は、神々《こうごう》しいまでに綺麗《きれい》な男だった。いつもどこか優しげな笑みを湛《たた》えて映《うつ》る横顔は、教室中の視線を集めて離さないだけの美しさがある。陶酔《とうすい》めいた眼差《まなざ》しを向けるクラスメイトたちは、すでに彼の信者と言っていい。

今もその柔らかな声が解答を導き出していく響きに、教室中が酔っている状態なのだ。

「…………先生？」

そんな教室中の視線を集めていた環は、ふいに眉を顰《ひそ》めて隣へ視線を投げた。この教室の中で、たった一人だけ自分の美貌《びぼう》に注目していない人物の存在に気付いたらしい。

「心梨《しんり》先生」

ほんの少しだけ苛立《いらだ》ちを滲《にじ》ませた声に、うっとりとホワイトボードを見つめていた数学教師、梅園《うめぞの》心梨はハッとしたように環を見た。一瞬どこにいるのかわからないような表情をして、それから自分が魅惑《みわく》の数学世界にトリップしていたことに気付くと恥ずかしそうに頬《ほお》を染める。そんな心梨は、とても二十四歳の男とは思えない可愛らしさがあった。

「な、なんだ桜大路、質問か？」

慌《あわ》てて先生ぶった態度を取るのは恥ずかしいからだ。数学フェチといっていいほど数学と数学を愛している心梨は、整然と解《と》かれた環の数式に見惚《みと》れてしまっていたのだ。そのことを毎回のように環に揶揄《から》かわれている心梨は可哀想なくらい真っ赤になった。数式にうっとりしていたことが環にバレていないかと内心ドキドキしてしまっている。

「また数式にトリップしてましたね？」

揶揄《やゆ》めいた環の声と視線に、

「そ、そんなことはないぞっ」

カッと頬を赤らめて心梨はズレてもいない眼鏡をキュッと押し上げた。生徒たちの視線が突き刺さる中、また環に授業妨害されるのではないかという不安を隠すためだ。七歳も年下の男に揶揄かわれっぱなしでは教師として格好が付かないだろう。わざと教師ぶって見せる心梨の生意気な態度が、よけいに環の笑みを深くすることに気付いていないのだ。

「先生……………またそんな嘘《うそ》を吐《つ》いて」

ふいに環の声が間近ですると思った、その次の瞬間。

「桜大路っ!?」

恐ろしいまでの早業《はやわざ》で心梨はホワイトボードへ身体を押し付けられていた。ゆっくりと覗きこむように見つめてくる環の瞳が、ほんの少し意地悪そうな笑みに変わる。まるで、どうやって心梨を苛《いじ》めてやろうかと考えているみたいに。

「僕の解いた答えを見て、うっとりしてたでしょう？」

嘘はいけませんよ、なんて甘い声で迫《せま》る環のアップに、

「してないって言ってるだろ！」

それがほとんど抱きしめられている体勢なのだと気付いた時には、もう手遅れだった。

「今の先生は1を3だと言い張る健気《けなげ》な小学生のようですよ」

うっとりと見つめてくる環の腕に抱き竦《すく》められたまま、まるで身動きが取れない。

「やめろ桜大路っ、放せっ」

ギューっと人目もはばからずに幸せそうに抱きしめてくる環に、放せとかやめろとか、そんな単語しか出てこない心梨はすでに環の術中に落ちていると言っていいだろう。

「そんなあなたも可愛らしくて、僕としては大好きなんですが」

困ったように囁《ささや》く環の声が、完全に浮かれているからだ。同時に、食い入るような生徒たちの視線を感じて心梨は恥ずかしさにいたたまれない気持ちになってしまった。

「コッ、こんなところで何を言い出すんだッ！」

必死に抵抗しようとした心梨は、

「愛の告白です」

キッパリと言いきる環に目眩《めまい》がした。こんな、教室の中で授業中に。男子生徒に可愛いだの大好きだのと言われてしまう哀れな教師が自分なのだ。しかも恐ろしいことに、その教師役の自分は考えるまでもなく男である。退屈《たいくつ》しのぎだろうと受験ノイローゼだろうと、意味不明な環の発言集に心梨の頭は疑問符の連発だった。

「…………とにかくやめなさい、授業中だぞ」

注意する心梨の声が精神的な疲れに暗く沈んでしまうのは仕方がないだろう。食い入るように自分たちのやりとりを見つめる生徒たちの視線が妙に痛い。いくら数学フェチでも、心梨は正常な常識感覚を持った社会人なのだ。とりあえず、一応は。

「心梨先生、他人の目なんか気にする必要はありませんよ」

堂々と愛を語りましょう、などと冗談にでも言ってしまえる環が心梨には理解できない。しかも環は楽しそうだ。困る心梨を心の底から楽しんでいるようにしか見えないのである。

心梨がこの高校へ赴任《ふにん》した二年前から、環はいつも嬉《うれ》しげに心梨を揶揄かうようなことばかり言っている。その姿勢だけなら、環の言動《げんどう》は二年前から一貫していると言っていいだろう。男の心梨に、その奇怪《きかい》な言動の数々が理解できるかどうかはともかくとして。

「もちろん、二人きりのほうがお好みならご希望に添いますけど？」

ふいに耳元で囁かれた言葉に、真っ赤になって。

「いい加減にしろっ！」

また流されそうになっていた自分にカツを入れるように思いきり怒鳴《どな》ってやる。できるだけ生徒の前では先生口調で喋《しゃべ》ろうと思っているのに、いつもこうだ。

初めて出会った二年前から、ずっと。心梨は環のペースに乗せられ続けていた。

「そろそろ本気で愛を教えてあげないといけないようですね――身体に」

不穏《ふおん》な響きを帯《お》びた言葉に、授業の終わりを告げるチャイムの音が重なって。

「じゅ、授業は終わりだっ、解散！」

バッと環の腕から抜け出した心梨は、素早く言い捨てて逃げるように教室から走り去る。

開け放たれたドアの向こうで、慌てすぎた心梨が転んでしまったのは。

「心梨先生……なんて可愛い」

うっとりと呟《つぶや》く、環の声のせいだったのかもしれない。

「また授業を中断してしまった………」

ヨロヨロと廊下《ろうか》を歩く心梨は暗い気分で数学準備室へ向かっていた。また不覚にも授業中に数学世界にトリップし、あの奇怪な言動の桜大路環に揶揄かわれ続けるうちに授業を終えてしまったのだ。いくら高校で教えなければならない範囲《はんい》を終えてしまった三年生のクラスとはいえ、こう毎回では問題だとしか思えない。受験を控《ひか》えた準備授業を中断させ続ける心梨に、どこかの保護者から抗議《こうぎ》電話の一つでもくれば大問題だ。運が悪ければ即リストラという、恐ろしい危険を孕《はら》む問題である。自分の数学フェチはともかくとして、校長室へ呼び出される前に環の言動をどうにかしなければならないだろう。

「あいつには一度ガツンと言ってやらなきゃいけないいな」

過去二年間、ただの一度もガツンと言えた例《ためし》などないくせに、それでも決意する心梨は本気だ。環が受験ノイローゼだろうとなんだろうと関係ない。あのわけのわからない授業妨害をどうにかしなければ、心梨にハッピー先生ライフは訪れないのだ。

「何をガツンと言うんですか？」

背後からかけられた声にハッとする。

「深草《ふかくさ》先生」

思わず振り返った先で、

「ふふふ、私のことは深草の少将《しょうしょう》と呼んでください」

梅園小町《うめぞのこまち》ちゃん、と微笑むのは古典教師の深草だ。心梨の同僚《どうりょう》である彼は自分で自分のことを「深草の少将」などと恥ずかしげもなく言ってしまう謎の男だった。日常から古典の世界にトリップしている彼は、二十四歳にもなる男の心梨を「梅園小町」と呼んでいる。その現代的な容姿や服装とは裏腹に、深草の脳内は完璧な平安調で彩《いろど》られているのだ。

「今日もお弁当を持って来たよ、愛しい小町のために」

その呼び名に心梨が抵抗しないのは、彼の言っている意味が一から十まで理解できないせいだ。文系アレルギーの心梨にとって天敵とも言える古典の授業が服を着て歩いているのである。投げられる言葉の意味を考える前に、深草の存在自体を心梨の脳は完全に拒否してしまっていた。理系頭脳の悲しいサガがそうさせるのだ。

「あの、松花堂《しょうかどう》弁当を毎日持って来てくれなくても……」

職員用の松花堂弁当。たった二三〇円のそれを、毎日わざわざ職員室から棟の違う数学準備室へ深草が届けてくれる必要はないという心梨は正しい。

「遠慮しないでください、趣味ですから」

その僅《わず》かな抵抗さえも速攻で言いきられて、それでも黙るしかない心梨は哀れだった。

「ここで一句」

毎日毎日、弁当を渡される前に和歌だの俳句だのを平安男に詠《よ》まれてしまうからである。

「契《ちぎ》りありて夏の夜深き手枕を、いかがかひなき夢になすべき」

深い深い心梨の沈黙に、気付かない深草は鋼鉄《こうてつ》の神経を持っている。ご丁寧《ていねい》に短冊《たんざく》まで用意して、和歌を最後まで詠み終える態度は立派だと言っていい。

「マイスイート小町、あなたに捧《ささ》げる歌です」

もらってください、という手に。

「…………ありがとうございます」

二三〇円の松花堂弁当が乗せられている以上、心梨は短冊と共に受け取ってしまうのだ。

そこに世にも恥ずかしい愛の和歌が書かれていることも知らずに。

「で、では私はここでっ」

授業の準備が、と意味もなく忙しそうに数学準備室へ逃げこんだ心梨は。

「――――見てましたよ、先生」

そこに待っていた、もう一人の問題児。桜大路環の姿に頭痛が増すのを感じていた。

数学準備室へ入るなり、強引に椅子《いす》に座らされた心梨は。

「どういうことか説明してもらおうじゃありませんか」

偉《えら》そうに腕組みをして、仁王《におう》立ちのまま見下ろしてくる環の異様なまでの迫力に完全に呑まれてしまっていた。何をどう言い返しても負けてしまいそうな環の威圧《いあつ》的なオーラに完膚《かんぷ》なきまでに呑まれているといっていい。

「黙ってたんじゃわかりませんよ、納得のいく説明をしろと言ってるんです」

その傲慢《ごうまん》な態度と明らかに刻み込まれた眉間《みけん》の皺《しわ》が環の不機嫌を表している。眉目秀麗《びもくしゅうれい》という形容を当然のようにまとっている環は、七つ年上の心梨よりも大人びて映るほどだ。

「心梨先生？」

眉を軽く持ち上げて見下ろす仕種《しぐさ》が、環ほど似合う男はいないかもしれない。無造作《むぞうさ》に額へ落ちた前髪が彫りの深い横顔に微妙な影を落としていて、それがよけいに環の美貌を際立《きわだ》たせている。こんな時の環は男から見ても充分すぎるほど魅力的だ。

「何をどう説明するんだよ？」

頭ごなしに説教を受ける小学生みたいに怒られているのが自分でなければ、心梨も環の美貌に見惚れてしまっただろうと推測できるくらいには。

「わからないふりで誤魔化《ごまか》そうとでも?」

ギラリと血走った目で見下ろしてくる環と、

「だ、だから何をどう説明すればいいのかなーって………思ったりとか」

なぜか上目使いに見つめ返してしまう自分に、心梨は目眩を覚えた。生徒と先生という厳然《げんぜん》とした立場が完全に入れ代わっている状態に気付いたからだ。おまけに自分はなぜか完璧に環に迫力負けしているのである。さっきまでガツンと言ってやらなきゃな、などと決意していたはずなのに、環の鋭い視線に睨《にら》まれただけで心梨はもう挫《くじ》けてしまっている。

「あのインチキくさい古典野郎と先生が、どういう関係なのか尋《き》いてるんです」

怒りのバロメーターがマックスに近い環に睨まれて、心梨は途方《とほう》に暮れたような表情になった。その古典野郎が深草だということはわかっても、どういう関係だと睨まれるような関係は何もないからだ。思い当たることもないのに、答えようがない。

「ど、同僚?」

クイズにでも答える気分で尋いた心梨に、環の形相《ぎょうそう》が悪人のそれに変わった。そっちがその気なら、こっちにだって考えはあるんだぜイッヒッヒ、という悪人の目付きだ。

「じゃあ、これはなんです？」

サッと目の前へ翳《かざ》された短冊に、

「紙だ」

単純明快な答えを返した心梨は。

「……………そういう手で来ましたか、なるほどね」

地を這《は》うような暗い声に原因不明の不安を感じた。何か、とてつもなく恐ろしいことが起こりそうな予感が心梨の背中を走ったのである。

「！」

いきなり手にした短冊を真っ直ぐ縦に破いた環の、

「あんな男から恋の歌を受け取るなんて――――許せない」

その鬼気《きき》迫る形相に心梨はビクリと肩を震わせてしまう。短冊というのは厚いボール紙のようなものに金箔《きんぱく》が散りばめられているものなのだ。それを素手で縦に裂くというのは、物理的にかなり難しいことのはずだった。それを、眉一つ動かさずに。軽くやってのけた環に心梨は初めてその怒りの激しさに気付いたといっていい。

「さ、桜大路、落ち着けっ、落ち着くんだっ」

その環の腕力と憤《いきどお》りの深さを知った心梨は、自分が縦に破かれてしまうような恐怖感に表情を強張《こわば》らせた。何かに怒っていることはわかっていた心梨は、改めて物理学的な計算によって理系の頭脳は数値的に環の怒り加減を思い知ったのである。

「落ち着いてますよ、先生よりずっとね」

ふいにニコリと微笑《わら》った、その笑顔が説明の付かない恐ろしさを感じさせる。本能的に感じる何かが心梨の身に迫る危険を知らせているようだ。

「桜大路？　落ち着いて、な？」

引き攣《つ》った笑顔をなんとか貼り付けた心梨に、

「環と呼んでください」

さらに怖い笑顔のまま環のアップが迫ってくる。

「…………さ、桜大路」

どんどん迫ってくる環の顔から、

「環です」

思わず逃げようとした心梨は、けれど頭をのけ反《ぞ》らせただけだった。椅子の背が邪魔をして、背中は少しも後ろに移動しないままだからだ。

「たっ、環っ！」

椅子ごと蹴《け》り飛ばして逃げようにも、環の手が心梨を囲いこむように椅子を掴《つか》んでいる

せいで叶《かな》わない。気が付いた時には心梨はまるで身動きの取れない状態になっていた。

「やっと先生も学習したようですね」

なんですか、と尋ねる環は少しも笑っていない。恐ろしいほど本気の表情だ。

「こ、この状況の意味はなんだ!?」

今にも唇が触《ふ》れそうな距離に、心梨は動揺《どうよう》していた。何よりも真っ直ぐに見つめてくる環の瞳が完璧に理性を失っていることが恐ろしい。

「証明ですよ、簡単な証明の問題です」

サラリと言う環の、証明という単語に心梨は不安そうに環を見た。なんとなく、証明とか問題とかいう数学的な事態ではないような気がするのは心梨の気のせいではないだろう。

「…………なんの?」

恐る恐る尋き返した心梨の、華奢《きゃしゃ》な眼鏡のフレームが小刻みに震えて不安を表している。警戒《けいかい》したように引き結んだ薄い唇が、脅《おび》えた小動物みたいに映って環の微笑みを深くしていることに気付いていないのは心梨だけだ。

「二つの物体の間にある距離を仮に一とした場合、二つの物体は永遠に触れ合わない」

どうです、と囁くような声に心梨はホッとしたように小さく息を吐いた。なんだそんなことかと思ったのが見て取れる態度だ。

「ゼノンのパラドックスだな、有限的な時間の中では不可能だっていうんだろう」

使い古された逆説だと不満そうな表情をする心梨に、環が意味ありげな笑みを浮かべた。

「そうです、たとえば僕が先生にキスしようとする場合、ゼノン的には永遠にできない」

環の唇が心梨の唇へ触れるには、まず半分唇を近付けなければならない。またその半分、半分、と近付けていっても永遠に半分の距離が残るから、いつまでたっても唇同士は触れ合わないという詭弁《きべん》に近い論理だ。実際には時間という概念《がいねん》が存在するからである。

「でも現実にはキスすることが――――可能だ」

証明してみましょうか、という声に心梨は怪訝《けげん》そうに顔を上げた。

「なにを？」

唐突《とうとつ》なくらい間近に感じた環の吐息《といき》に、

「…………黙って」

思わず反射的に目を閉じた心梨は。

「！」

落ちてきた小さな感触《かんしょく》に、吐息ごと唇を奪《うば》われた瞬間。

「――――証明終わり」

驚くほど唐突に。心梨は、自分がキスされたことを知った。

唇に触れたそれが、キスだとわかった途端《とたん》。

「なっ、なにするんだ！」

心梨は真っ赤になって唇を押さえていた。環の妙な迫力に気圧《けお》されて、思わずビビっているうちに。わけのわからないことを言ってケムに巻かれていると思ったら。

あっという間に、疑問符が浮かぶ間もなく。

「キスです」

アッサリと答える環の言葉どおり、心梨はキスされてしまったのだ。

「そうじゃないッ、そうじゃなくってッ！」

やったことの名前じゃなくて理由が知りたい、という心梨は正しい。正しいが、だからといってそれがこの状況に相応《ふさわ》しいとは言えなかった。

「先生が好きだからキスをした、何か問題がありますか？」

理路整然と、キッパリ言いきる桜大路環がいるからである。今さら何を言い出すんだとでも言いたげな環は、心梨の訴えに耳を貸す気はカケラもないようだ。

「なっ、なんで好きならキスするんだッ！」

キッと睨む心梨は、ほとんど環の言うことをオウム返ししているにすぎない。いきなり自分の教え子にキスされたショックでパニックなのだ。しかも心梨は染色体《せんしょくたい》XYの男で、生徒である環の染色体も同じXY。心梨がゲイでもない限り、これで落ち着いていられるほうがどうかしている。仮に心梨が明るいゲイで男オッケーだったとしても生徒はマズイだろう。だって心梨は聖職と噂《うわさ》される教師なのである。教え子に手を出したら打ち首獄門、即刻リストラの身の上だった。

「せ、生徒とキスしてしまったのか俺は!?」

教師と生徒だという事実に、今さらのようにショックの上塗《うわぬ》りをしている心梨の精神は崩壊《ほうかい》寸前だ。勝手にされたのだという事実を忘れて、大罪を犯した極悪人のような気分になってしまっている。

「落ち着いてください、好きな相手にキスするのは当然のことでしょう？」

嫌いな相手にキスするほうが問題だと言う環の、その嫌味《いやみ》なくらい落ち着き払った態度に心梨はカッとなった。

「おまえは落ち着きすぎだッ」

大問題なんだぞ、先生と生徒なんだぞ、しかも男同士だ！　と叫ぶ心梨の瞳には今にも涙が滲みそうな勢いだ。

脳裏《のうり》に浮かぶのは校長室。押し寄せるマスコミ。詰め寄るPTAのおばさん＆おじさん。沈痛《ちんつう》の表情で息子の不祥事《ふしょうじ》を詫《わ》びる実家の両親の姿が目に浮かんだ瞬間、心梨は叫んでいた。

「NOooooooOッ！」

しかもなぜか英語だ。混乱と恐慌《きょうこう》の表れだろう。

「僕が生徒だからいけないって言うんですか？」

ふいに落ちてきた、暗い憤りに燃えたような声に。

「当たり前だっ、生徒に手ぇ出してクビにならないとでも思うのか!?」

血走った目で答えた心梨は、すっかり「自分が」環に手を出してしまった気分でいる。

この場合は全《まった》く相応しくないが、世間的には教師である心梨の責任になるのは明らかだ。あながち心梨の被害妄想《ひがいもうそう》ではないかもしれない。あくまでも、世間的には。

「だから深草を選んだとでも？」

先生同士ならいいって言うんですか、というどこまでも暗い声に心梨は首を傾げた。

「深草先生？」

どうしてここで部外者である同僚の名前が出てくるのかわからなくて環を見たら。

「どうやら先生は、重要なことを忘れているようですね」

ピクリと眉を一瞬だけ痙攣《けいれん》させて、環は心梨へビシッと指をさした。

「僕は先生に好きだと言った」

忘れたとは言わせませんよ、という環の言葉に嘘はない。毎日毎日、それこそ明けても暮れても。心梨が覚えている限り、確かに環はしつこいくらい好きだと言っていたのだ。まるで挨拶《あいさつ》か何かのように。本気にする前に、そう言われることに慣れてしまうくらいに。

「わ、忘れてないけど」

それがどうした、と軽く続けられなかったのは環の異様なまでの迫力のせいだ。

「つまり先生は僕の気持ちを知っていて、それでもなおかつ他の男と恋の歌を交《か》わした」

低くなった声に、ドキリとして環を見つめたら。

「あの古典バカに紙切れをもらったでしょう？」

念を押すように言われて、思わず心梨は頷《うなず》いた。二三〇円の松花堂弁当と一緒に深草に手渡されたあれが環の目を血走らせているらしいというのはわかっても、それがなぜここまで恐ろしい迫力で環を怒らせているのかが決定的にわからない。

「契りありて夏の夜深き手枕を、いかがかひなき夢になすべき」

怖いくらい真剣な表情をして和歌を詠み始めた環に、心梨は気が遠くなるのを感じた。

まさか環まで和歌を詠むような古典現象に陥《おちい》るとは思っていなかったからだ。

「桜大路、おまえまで…………」

理解できない古典ワールドの予想外の広がりに、脳が拒否反応を示しそうになった時。

「あいつが先生に贈った歌です、忘れたとは言わせませんよ?」

もっと反応に困ることを言われて心梨は無言になってしまった。なぜなら心梨は、歌を忘れる前に聞いていなかったのである。聞いてはいたが、脳が理解していなかったというほうが正しいかもしれない。心梨には和歌を理解するだけの知識が決定的にないからだ。

「どうせ枕をするなら私の腕枕をどうぞ、夜の深さと同じぐらい深くエッチしましょうよ」

まるで何かを棒読みでもするように、面白くなさそうに吐き捨てた環に。

「えっ、えっちっておまえは………!」

いきなり何を言い出すんだとギョっとした心梨は。

「あの歌の意味です、わかってて先生は受け取ったんでしょう?」

嬉しそうにお礼まで言って、という忌《い》ま忌ましげな環の言葉にサッと全身から血の気を下げてしまった。そんな意味の和歌だとは思ってもいなかったからだ。

「それはその、深草先生が弁当を持って来てくれるから、こう思わずウッカリと」

なぜか言い訳をするように目をウロウロさせてしまった心梨は、

「弁当をくれる男なら誰でもいいって言うんですか!?」

一気にテンションの上がった環に反射的にごめんなさいと言いそうになってしまった。なんだかわからないが、謝《あやま》らないと処刑《しょけい》されてしまいそうな不安を感じたからである。

「裏切りだ――――いうならば不倫《ふりん》です」

激情に駆《か》られたような環の視線に、思わず首を捻《ひね》って。

「フリン？」

まるで「プリン？」と尋くような発音は心梨がその単語を正しく理解していないことを教えている。単語の意味自体がわかっていないというよりは、今ここで使用されるという事態が想像できなかったせいだろう。

「不倫、つまり決まった相手がいるのに浮気する、極めて不道徳なことです」

憤慨《ふんがい》したように言う環に、心梨は意味もなくコクコク頷く。あ、なるほどね、あの不倫ね、という態度を取るのは自分が教師で環が生徒だという体裁《ていさい》の成せる業だ。生徒にものを教えられるという事態を避けたいのは、心梨でなくても同じだろう。

「それで、その不倫がどうしたって？」

できるだけ平静を装って、教師ぶった表情をした心梨は。

「不倫を犯した人にはそれなりの罰があってしかるべきだと思いませんか？」

不気味な笑顔を浮かべた環に、今度こそ頭の中を疑問符で溢《あふ》れさせてしまった。

いきなり襲ってきた突然の受難とも悲劇とも言うべき問題が、今まさに心梨の上へ重く伸しかかっていた。

「どけ、桜大路っ！」

数学準備室のソファの上へ、恐ろしいまでの早業で押し倒された心梨は。

「どけと言われて簡単に従うほど僕はバカではありません」

残念でした、と可愛げのないことを言う悪魔の教え子。桜大路環という漬け物石的存在にドカッと自分の上に乗っかられているせいで身動きさえ取れない状態だった。

「いい加減に諦《あきら》めて大人しく罰を受けなさい、男らしくないですよ」

しかも仰向けに横たわった腰の上へ体重をかけられているせいだけでなく、体力的にも腕力的にも遥かに環のほうが上なのだ。数学フェチの悲しさで、学生時代から脈々《みゃくみゃく》と身体を鍛《きた》えることを忘れていた自分を呪ってしまいそうな気分になってしまう。

「先生、このシャツ………」

可愛いね、という声が不穏で。

「微分《びぶん》しちゃいましょう」

囁かれた言葉に首を傾げているうちに、その仕種に心梨は意味を教えられた。

「びび微分って！」

その手が思いきり自分のシャツを脱がそうとしているからだ。

「刻々と変化していく状況を数学的に停止させて限りなく0に近づけることです」

親切そうに解説してシャツのボタンを外《はず》していく環は、全く親切ではない。

「この場合、先生自身が0ということになりますね」

囁くまま刻々と心梨のシャツを脱がせようとしているからである。つまり、環にとって0とは心梨の裸を意味するらしい。

「やめろ桜大路っ」

必死に叫んだ心梨に軽く眉を持ち上げて。

「環って呼ぶ約束でしょう？」

呼ばないと返事はしてあげませんよ、と不機嫌そうに返した環にウッと詰まってしまう。

約束というよりも、勝手に環が呼べと言っただけのことなのだ。それを鬼の首を獲《と》ったかのように言われても困ると思うのは間違いなのだろうか。

「なんで俺がおまえを環って呼ばなきゃいけないんだ？」

思わず唇を尖らせてしまった心梨に、

「じゃあお互いに梅園さん、桜大路さんとでも呼び合いますか？」

環は少し可笑しそうな表情をする。まるで、可愛いなぁ、とでも言いたげな表情だ。

「気持ち悪いこと言うなっ」

反射的に言い返した心梨は、

「じゃあやっぱり、心梨、環でいいじゃないですか」

混ぜっ返すような口調に思わず頷きそうになってから、ハッと我に返った。

「なんで俺まで呼び捨てにされなきゃならないんだッ！」

いつの間にか呼び捨てする対象が広がっていることに気付いたからである。

「じゃあ環と先生ってことで許可しましょう」

そのほうが先生モノって感じでムードあるよね、などという環の言っている意味がわからない。わかりたくもないが、無視するわけにはいかない状況にあるのも事実だ。

「やめろって言ってるだろ！」

その環に、ソファへ押し倒されたまま。すでにシャツは全開、今にもその手はズボンのベルトに達しそうな事態に陥っているからである。

「先生、微分はイヤ？」

ひょっとして、とでも言いたげな声にブンブン頷いて。

「び、微分は嫌だっ」

ひっくり返りそうな声で言い返したら、あっさりと環はベルトを外そうとしていた手を離してくれた。

「いけませんよ、数学の先生なのに微分は嫌だなんて」

揶揄かう環に悔《くや》しさを感じながらも頷いてしまうのは、これ以上服を脱がされたくないからだ。けれどホッとしたのも束《つか》の間、

「微分が嫌いでも許してあげます、だって僕たち恋人同士なんだし」

今度は恋人、という単語に心梨はアッパーカットを食らったような気になった。まさか、という単語が瞬時にして頭の中をグルグル回る。グルグル回りすぎて頭の中が回転寿司だ。タイミングを逃したら最後、手が出せないまま流されてしまうアレである。

「コイビトって――――おまえと、俺？」

不安そうに指をさした心梨に、環は照れたように頷く。その恐ろしく似合わない表情に、心梨はラッキョを食べたつもりがニンニクだった時のようなショックに襲われてしまった。信じていたものに裏切られ、その裏切り方がまさかという類《たぐ》いのものだった時のそれだ。

「やっぱり先に積分《せきぶん》したほうがいいですよね、恋人としては」

どこか照れた仕種でチュッとキスを落としてきた唇に、

「っ！」

心梨の簡潔な思考は崩壊寸前だった。環にとって微分は服を脱がす、積分はキスをするという意味らしい。理解したくはないが、心梨が察するところではそうなのだ。

「大丈夫、心配しないで」

僕も積分するの好きだから、という浮かれた声に心梨は深く刻んだ眉間の皺が固まったまま取れなくなりそうな気がした。

桜大路環。それは、心梨の知る限り最も簡潔で美しい解答を出す生徒だったのに。

「あのエレガントな解答は意味を知らなくても出せるのか……」

なのに環は、微積分を理解していないというよりも曲解《きょっかい》していたのだ。曲解というのもおこがましいほどの自己中心的解釈。一体どういう解析《かいせき》の結果がこれなのだろう。

遠い気持ちになった心梨は、しかしそのまま宇宙の真理を捜す旅には出られなかった。

「先生に罰を与えるのはやめにしますね、だってやっぱり愛の証明なわけだし」

浮かれたように囁く声と。

「強姦《ごうかん》には愛がありませんからね」

その重みに、無理やり現実へ引き戻されたからである。

スピーカーから流れるチャイムは、昼休みの終わりを告げている。騒がしい足音や生徒たちの話し声がどんどん遠ざかって行くのは、教室へ戻って行くせいだろう。

「…………声、我慢しなくていいですよ」

そんな、授業開始五分前の昼下がりに。

「いや、だ…っ」

心梨は数学準備室のソファで、必死に声を殺していた。

「先生って、意外に強情なんですね」

小さく微笑う環に、卑猥《ひわい》なことを仕掛けられているからだ。

「う、るさい…っ」

学校で、男子生徒にこんなことをされるなんて。ほんのついさっきまで想像もしていなかった心梨は、悔しさと、嫌なのに昂《たかぶ》ってしまう快感に唇を噛み締めていた。

「素直になれるように…………してあげましょうか？」

囁く声の卑猥さに頬が熱くなる。はだけられたシャツは、身体を隠すことになんの意味も成していなくて。いつの間にか外された眼鏡の行方《ゆくえ》は、思い出すことさえ叶わない。

「やめ、…っ…」

抵抗する気持ちとは裏腹に、煽《あお》られるまま熱くなる欲望が心梨を揺《ゆ》さぶっていて。衝動《しょうどう》を堪《こら》えようとするだけで精一杯になったみたいに、何一つ考えられないからだ。

「やめていいの、こんなになってるくせに」

揶揄かう仕種に昂りを強く掴まれて息が詰まる。

「……っ」

下着の中で卑猥な指に捕《と》らえられているそれは、すっかり熱くなって心梨を追い詰めていた。持ち主の心梨を裏切って、もう環の言いなりになりたがっているからだ。

「ほら、先生ったら可愛い音してますよ？」

嫌がる心梨の意見を無視して、環の操《あやつ》るままビクビク震えてしまう自身が恥ずかしくてたまらない。環の指が動くたびに濡れた音を立てるのは、我慢できない先走りのせいだ。

「違、う…っ」

そうさせているのは環のくせに、自分のせいみたいに揶揄かわれる羞恥《しゅうち》に頬が震える。どんなに抵抗して見せても、自分がどれくらい感じているのかまで全部。環には知られてしまっているからだ。

「早く素直になって、って……ここは抗議してるみたいだけど?」

微笑う声に頬が熱くなる。教えるように握《にぎ》ったまま何度か扱《しご》かれると、たったそれだけの刺激に心梨はすぐにでも環に降伏《こうふく》したくてたまらなくなった。

「違う……っ……!」

けれどそうしてしまうには高すぎるプライドが邪魔《じゃま》をしていて。我慢すればするだけ、心梨は持て余した快楽に追い詰められていくのだ。

「ひ、ぁ…っ」

先端をくすぐるように立てられた爪に、甘く唆《そそのか》されて。もうこれ以上、自分が我慢できないことを心梨は知る。涙が滲んでくるのは、悔しさのせいなのか感じすぎるせいなのか自分でもわからない。

心梨にわかっているのは、もう限界が近いということだけだ。

「……桜、大路」

涙でいっぱいになった瞳で、もう嫌だと縋《すが》るみたいに見つめたら。

「環…って、呼ばなきゃ聞いてあげない」

耳朶《じだ》を噛む仕種で囁く唇に、ゾクリと身体が甘く震えた。

「……っ」

こんな――七歳も年下の男に酷《ひど》いことをされて。身体を好きにされているどころか、呼び方さえも強要されているのに。

「ね、先生も早く僕に可愛がって欲しいでしょう?」

宥《なだ》めるための甘い声と、裏腹に追い上げるような愛撫《あいぶ》に。屈辱《くつじょく》を感じる前に流されそうな自分が、心梨は悔しかった。

ろくな抵抗もできないまま、環の思うようにされてしまうことが悔しいからだ。

「先生はただ、環って……呼ぶだけでいい」

譲歩《じょうほ》めいた声に、唇を噛んで。考えるように心梨は何度も瞬《まばた》きをする。このまま、環の言うとおりにするなんて悔しくてたまらないのに。それでも、そうするしかないことも、心梨はちゃんとわかっているのだ。

「!」

ふいに鳴ったチャイムの音に、五限目の授業が始まったことを知る。

「大丈夫、先生の授業がないことぐらい知ってますよ」

僕は課外授業ってところかな、なんて悪びれもしない環に身体が甘く震えた。

「人体の神秘を知るには、ちょうどいいチャンスだと思いませんか?」

揶揄かう声に、今さらのように羞恥が増す。授業をサボって、こんな淫《みだ》らなことを生徒にされているのだと思うと恥ずかしくてたまらないのに感じてしまうからだ。

「授業、出…るっ」

せめて精一杯、強がって言ったはずの心梨の言葉は。

「こんな格好で教壇に立つつもりなの？」

わざと驚いたような声と、激しくなった愛撫に呆気《あっけ》なく消されてしまって。

「授業に出るのは勝手だけど、ここをどうにかしてからのほうがいいんじゃないですか？」

硬くなって環の指を濡《ぬ》らしている昂りを、揶揄かうように扱かれて甘い声が漏《も》れそうになる。もう限界が近いそこは、ほんの少しの刺激で弾《はじ》けてしまいそうだ。

「…っ！」

ふいに、尖った乳首を悪戯《いたずら》っぽく噛《か》まれて悲鳴めいた声が漏れた。慌てて唇を噛んでも、もう遅すぎる。

「可愛い声………すごく、そそるね」

うっとりした環の囁きに、その声を聞かれてしまったからだ。

「………っ」

泣きたくなって顔を逸《そ》らしたら、環が微笑ったのがわかってよけいに恥ずかしくなった。なのに身体は勝手にどんどん熱くなって、今にも心梨を裏切ろうとしている。

熱くなった身体も、震える吐息も。零《こぼ》れそうな甘い声も、何もかもが自分の思うとおりにならない。衝動の行方さえ思うままにできるのは、心梨ではなく環なのだ。

「も、……いやだ」

自分で自分を操ることができないもどかしさに、心梨はどうしていいかわからなくなる。衝動に逆らうことが、こんなに辛《つら》いことなのだということさえ知らなかった心梨は泣き出す寸前だった。自身の欲望にギリギリまで追い詰められているせいかもしれない。

「もう、いきたい?」

ふいに優しくなった声に、唆されるみたいに涙が滲む。それでも素直に頷くことができなくて、キュっと唇を噛んだら。

「環…って、呼んでくれたら」

してあげる、という囁きにそっと唇を舐《な》められた。まるで、噛んだらダメだよ、というみたいに優しく。

「………っ」

なぜか、環の名前を呼ぶことが心梨には服従《ふくじゅう》する証《あかし》みたいに思えて。こんなになるまで必死に、その名前を口にすることを我慢していたのに。

「ね、環って呼ぶだけで、なんでも先生の言うこと聞いてあげるよ」

あやすような小さなキスと、唇を舐める仕種に頑《かたく》なだった心が解けたみたいに。

「……たま、き」

心梨は――――ほんの小さな、吐息みたいな微かな声で環を呼んでしまった。

環に聞き取れるかどうかさえ、わからないくらい小さな声で。

「先生、すごく可愛い」

けれどそれは、ちゃんと環の耳に届いてくれたらしい。

「……………もう、僕だけの先生だ」

浮かれたようなキスが頬へ触れて、心梨はホッと安心したみたいに身体の力を抜いた。

なんとなく、さっきまでの環に苛められているような感じがなくなった気がしたからだ。

「大丈夫、すぐに気持ちよくしてあげる」

囁く声が卑猥に響いても、心梨は羞恥に頬を染めながらも抵抗しないように我慢する。

そうして欲しくて、環の言うことを聞いたのに。ここで抵抗して、また環に意地悪をされたり何か強要されるのは嫌だった。

「も、いや…だ……」

何よりも、身体が大人しくしろと心梨に訴えているのだ。

「先生、色が白いからピンク色になってるね」

羞恥に染まった心梨の肌を、環の卑猥な指先が微かな仕種で辿《たど》っていく。小さなキスを落としながら、身体を押さえ付けていた環の重みが下がっていくのがわかった。

「……っ……？」

その重みが、心梨の想像を遥かに超えた位置まで下がったと思ったら。

「じっとしてて………痛くしないから」

熱い吐息が、予想外の場所に触れて心梨は頭を殴られたようなショックを感じた。

「！」

バッと飛び起きた心梨の視界に、

「先生の、可愛い」

その部分へ触れたキスと、ゆっくりと沈んでいく環の後頭部が鮮明に焼き付く。

「なっ、なななななッ！」

自分のそれを、ねっとりと熱い舌の感触に包まれた心梨は声にならない悲鳴を上げた。

快感よりも、環にそれを銜《くわ》えられているという事実にパニックを起こしているのだ。

「やめっ、やめろ桜大路っ」

思わず環の髪を掴んだ心梨は、不満そうに自分を見る環と。

「あ……っ」

その唇に頬ばられている自身を目撃《もくげき》して、カッと全身を羞恥に染めてしまった。

「た・ま・き、ちゃんと呼ばないと噛んじゃいますよ？」

仕方なさそうに唇を離して、非難《ひなん》するようにキュッと昂りを強く掴む環に声も出ない。

「…っ！」

そこを、そうされるだけで気持ちよくてたまらないからだ。限界ギリギリまで引き延ばされた快感は出口を求めていて。

「いい子にしててくださいね」

うっとりと先端へキスする唇に、溶け出しそうな衝動が甘く腰骨を揺らしてしまう。

「……ん、」

再び含まれた感触に、眉を寄せて快感を堪える。引き剥がそうとしていたはずの手は、流されるまま無意識に環の髪を掴んでねだるための仕種に変わっていた。

「く、…っ…」

先端の窪《くぼ》みを突つく舌に、促されるまま零してしまいそうで。甘えたような声が漏れてしまわないように、唇を噛むだけで心梨は精一杯だ。

「…っ……や、」

焦《じ》らすように根元を指で意地悪く締《し》められて動揺したような声が漏れる。そのまま何度も強く吸われて、行き着けないもどかしさに涙が滲んだ。

「ん、」

甘噛みする仕種で愛撫されて、強くして欲しいとせがむみたいに環の髪を掴んだら。

「や、…っ」

何かを言おうとするような環の瞳と視線が合って、心梨は今度こそ零れる涙を我慢できなかった。その瞳が何を要求しているのかがわかるからだ。

「ぁ…っ、……たま、き」

我慢できなくなったみたいに、小さな声で望まれるまま名前を呼んで。満足したように与えられた愛撫の甘さに腰が抜けそうな快感を感じる。

「ん、ん、…っ」

けれどまだ、環の愛撫は優しすぎて辿り着く衝動の先までは少しだけ刺激が足りない。零しそうな快感は、何度も限界を超えて苦しいくらいだ。

「環…っ」

ねだるように名前を呼んだら、宥めるように敏感な先端へそっと歯を立てられて微かな痛みに腰が引ける。

「たま、き…っ、…や、だ…ぁ」

零れる涙を隠すこともできないまま、甘えたような声で何度も環の名前を呼ぶ。なのに、環は心梨の望むまま快感を与えてはくれない。

まだ、ダメだと言うみたいに。

「ん、…ぅ…っ」

深く頬ばったまま、何度も甘噛みするように唇で扱かれて目眩がする。悪戯に吸われる感触は、心梨から残らず理性を奪っていくようでたまらない。

「…ふ…、や……っ」

耐えきれずに瞼《まぶた》を強く瞑《つむ》って、環の頭を抱《かか》えるように強く引き寄せたら。応えるように愛撫を激しくされて、閉じたままの瞼の先がチカチカ点滅する気がした。

「環、…たま…き…っ」

名前を呼ぶたびに与えられる快楽の甘さに、心梨は逆らうことができない。ぎこちなく揺れ出した腰は、衝動に止まらなくなる。

「！」

ふいに強く、先端を吸われる感覚。腰骨の奥が熱い疼《うず》きに砕《くだ》けそうになった瞬間。

「ア、――――ッ」

それ以上、心梨は甘い衝動を堪えることができなかった。

魂を抜かれたゾンビのような足取りで心梨は登校したばかりの学校の廊下を歩いていた。

昨日の昼休みに起こった悪夢めいた環との出来事は、何から何まで白昼夢《はくちゅうむ》のように曖昧《あいまい》としていて漠然《ばくぜん》としか思い出すことができない。人は許容《きょよう》範囲を超えたショックな出来事に出会った時、意識的に記憶を消してしまうことができるのだ。


「…………………」


その証拠に、心梨はなぜ昨日の昼休みに環に押し倒されたのか、その原因を朝になった今も思い出すことができなかったし、悪夢の行為のあと、どうやって昨日一日をやりすごして今朝に至ったのかを思い出すこともできなかった。

しかし、完璧に忘れることができないのも人間の脳の特徴なのだ。

「お、俺は生徒に………フェ、フェフェフェっ」

前後の出来事は綺麗サッパリ心梨の記憶から抜け落ちていても、環にされたことだけはキッチリバッチリ脳と身体に焼き付いているからである。心梨の場合、前後の記憶がないのは最中の刺激が強すぎたせいなのだろう。

「フェがどうしたんですか？」

いきなり後頭部から尋き返された声に、ビクッと脅えたように心梨は振り返った。

「なっ、何か俺が言いましたか!?」

勢いこんだように尋き返す心梨の目は血走っている。フェで始まる単語の続き、それは口が裂けても言えない放送禁止用語、言い換えれば今の心梨にとってトップシークレットとも言うべき機密だった。バレたら即刻リストラの上にマスコミの餌食《えじき》になる事件なのだ。何がなんでも隠し通さなくてはならないだろう。

「さっきから暗い顔してフェーフェー言ってましたよ」

少し気の毒そうな表情で心梨を見るのは、定年間近の物理教師、塩田《しおだ》だ。

「フェッ、フェなんて言ってません、俺は！」

ひっくり返った大声で言い返した心梨に、塩田はやっぱり、というように頷いた。その表情にさらに焦った心梨は、怖いくらいのテンションで声を張り上げてしまう。

「アッ、そうだ！　フェルマーの最終定理だ！　それを考えていたんです！」

フェはフェルマーのフェ！　と意味もなく主張する心梨に、塩田はちょっと心配そうな表情になって肩を叩いてくれる。いいんだよ無理しなくて、という仕種だ。

「大変でしょう、三Eの担当は………私もストレスで身体がガタガタですよ」

気弱そうに囁く塩田に、心梨はキョトンとする。三Eというのは例の桜大路環が率いる三年E組のことだ。恐ろしく統率の取れた不気味なクラスではあるが、環の謎の言動以外に特に何か問題があるとは思えない。心梨から見れば他の生徒は従順《じゅうじゅん》なものなのだ。

「というと？」

何か問題でもあるのかと声を潜《ひそ》めた心梨に、塩田は数学準備室の近くにある物理教室へ誘ってくれた。授業のない者同士、ゆっくりと苦悩を打ち明け合おうというのだ。

「桜大路環、あいつは恐ろしい生徒ですよ」

疲れきった表情でアルコールランプへ火を点《つ》ける塩田は、人生の苦渋《くじゅう》を噛み締めた老人のように肩を落としている。何か意味もなく哀れを誘うのは定年間際の年齢のせいだろう。

「…………確かにあいつは恐ろしい生徒です、わかりますよ」

違う意味で環の恐ろしさを昨日たっぷりと味わった心梨は、心から頷いた。恐ろしさの内容は告白できないが、誰かに環の悪口を言いたい気分ではあったのだ。

「毎回毎回、授業のたびにネチネチと粗捜《あらさが》しをするんです、それも的確にしつこく」

細かいことまでチェックされて、何も落ち度がない時には答えにくいことばかり徹底的に質問されると嘆《なげ》く塩田に、心梨は思わず無口になった。確かに環は毎回のように心梨の授業妨害をしているが、そんな嫌がらせじみたことはされたことがなかったからだ。

「有名ですよ、授業をさせてくれない三Eのカリスマって」

それでも学内の成績トップを維持《いじ》する桜大路環の暴挙《ぼうきょ》の数々に、教科担当はおろか校長でさえも注意一つできない有様《ありさま》なのだと言う。

「勉強は予備校と家庭教師で充分だっていうから、今の時代はやりにくいですよね」

環はもちろん、国立理系クラスである三Eの生徒たちの成績が下がらない以上、学校は息抜きに来てます、というスタンスを受け入れるしかないのが私立高校の悲しさだった。

進学率と進学先の大学のランクを落としさえしないでくれれば、万事よしとするしかない。そうすれば、この高校に来たいという生徒を確保し続けることができるからである。

「特に今年の三Eは桜大路という絶対権力がいるせいかストレスが五割り増しです」

疲れたようにインスタントコーヒーを差し出す塩田に、心梨は哀れさを感じてしまった。

「わかります、本当にストレスってこう、キリキリっときますよね」

多少の事情は違っても、お互いに環に苦しめられているという事実に変わりはないのだ。心梨としては昨日の今日で、心情的には同病相哀れむというノリに近いかもしれない。

「私なんかはホラ、口内炎《こうないえん》が三つも……桜大路のせいだと思ってます、ええ」

あーん、と口を開けて見せた塩田の口内炎に心梨は心から同情した。定年間近の塩田をここまで苛める環はまさに鬼、許すまじ憎き生徒の代表と言えよう。

「あのエレガントな解答に騙《だま》されて、俺はあいつの非道《ひどう》ぶりを見逃すところでしたよ！」

一気に環に対する憤りが燃え上がった心梨に、塩田が弱々しく拍手を贈る。

「さすがです梅園先生、若い方はさすがに熱意が違いますね、頼もしい限りです」

私なんかは歳のせいか気力が、と力なさげに声を落とした塩田に、

「いいえ先生！　俺たちの力で桜大路に教師の威厳を思い知らせてやりましょう！」

燃える二十四歳は拳《こぶし》を振り上げた。環のセクハラを避けるには敵になるしかないのだ。

「いいえ、私のような年寄りには無理です、あとは若い先生の力に縋《すが》るしか……」

弱々しく咳《せき》をしながらチラリと値踏《ねぶ》みするような視線を向けた塩田に。

「ところで梅園先生は、もちろん物理もお好きですよね？」

急にそう尋かれて、心梨は考えもなしに「大好きです」と答えた。事実だからだ。

「実はこのたび、私事ながらストレス性糖尿病《とうにょうびょう》のため休職することになりまして」

長々と続く塩田の台詞《せりふ》に、思わず首を傾げた心梨は。

「そこでですね、今日から三Eの物理担当に梅園先生を推薦《すいせん》させていただきました」

よろしくお願いします、という単語が脳内を三周ほど巡《めぐ》ったあと。

「――――まさか」

ようやく、自分が苛酷《かこく》な状況に陥っているらしいという事実に気付く心梨だった。

朝のホームルームの終わりを告げるチャイムを、憂鬱《ゆううつ》な気分で聞きながら。

「どうして今日は金曜日なんだろう………」

悪夢の三E教室へ向かう心梨の足取りは死刑囚のように重かった。本当なら、金曜日の午前中に心梨が教える授業は三、四限の数学だけのはずなのだ。

「………塩田先生は悪魔だ」

それが、定年間近の老教師にウッカリ同情したばっかりに。

「三時間も桜大路の顔を見なきゃならないなんて」

朝っぱらから二時限通して問題の三Eで物理を教え、続く二時限も通しで数学を教えるハメになったのだ。合計四時限、計三時間。ほんの昨日、あんなことをしたばかりの環と同じ空間に閉じこめられる心梨の不幸は言葉では語り尽くせないものがある。

「――――人生を呪ってしまいそうだ」

いや、仮に塩田に同情しなくてもこうなる運命だったのかもしれない。心情的には塩田を憎んでしまいそうだが、有無を言わさず若造《わかぞう》の心梨に三E担当を押し付けた校長も憎い。

他のクラスの担当は引き受けても、三Eだけは嫌だと言い張った別クラス担当の物理教師たちもだ。心梨だって環さえいなければ、物理の授業を引き受けるのは嫌ではないのだ。

「…………」

考えれば考えるほど、何もかもモトをただせば本当に憎いのはたった一人の生徒だった。あの塩田に口内炎を作らせた上に定年前の有給を一気に使って休職させ、他の教師たちにことごとく授業の引継《ひきつ》ぎを敬遠《けいえん》させた悪魔のような男。そのくせ成績だけは優秀で、校長に間違っても彼だけは怒らせるなと言わせた、頭痛のタネにして学園の偏差値《へんさち》を上げる、大事な期待の国立理系受験生。

真に心梨が敵と呼ぶべきなのは、桜大路環――その男一人なのだ。

「フェ、フェ……されるなんて」

思わず昨日のことを思い出して涙ぐみそうになった心梨は、

「フェがどうかしましたか、心梨先生？」

いきなり目の前で開いた教室の扉と、目の前に現れた真の敵の姿にバッと後ずさった。

いつの間にか、あれこれ考えているうちに問題の教室まで来ていたのだ。

「フェっ、フェルマーの最終定理だッ！」

誤魔化すように大声で叫んだ心梨に、環は今にも笑いだしてしまいそうななんとも言えない表情をすると。小さく唇の端へ笑みを刻んで、心梨に微笑って見せた。

「僕も今そう言おうと思ったところです、フェと言えばフェルマーですよね」

その、わかってますよ、とでも言いたげな表情に心梨は一瞬で真っ赤になる。明らかに環は、心梨が何を思い出していたのか知っている素振《そぶ》りをしたからだ。

「うるさい！」

悔しいのと恥ずかしいのとで、思わず怒鳴ってしまった心梨は。

「起立！」

環の掛け声で一斉《いっせい》に立ち上がった生徒たちに、仕方なく教室へ入ることにした。どっちにしろ、こんなところで環と例の問題を言い合うわけにはいかない。昨日のことは心梨にとってあくまでも環と二人だけの最重要機密なのだ。誰かに知られたら舌を噛んで死んでしまうしかない人生最大の秘密だからである。

「礼！」

一糸乱れず頭を下げる生徒たちに、心梨は毎回感じるこのクラス特有の軍隊めいた空気に目眩を感じた。その原因さえも同じ一人の生徒だということに、目眩にも似た深い疲労を感じたからかもしれない。

「今日から俺が物理も兼任《けんにん》することになった、今日は数Ⅲと続くけどよろしくな」

この三Eが教師たちに徹底的に嫌がられ、教室中が一糸乱れず行動しているのも。

「ようこそ、我が栄光の三Eへ」

異様なまでに格好を付ける男、別名カリスマがクラスを取り仕切っているせいだ。

「何が栄光だ、みんなに嫌がられる問題クラスのくせに」

心梨から見ればただの変態にすぎない環を、なぜか生徒たちはありがたがって崇拝《すうはい》していた。一種の集団ヒステリーかもしれない。難関の受験生にはありがちな傾向《けいこう》だろう。

「三EのEはエクセレントにしてエレガンス、先生を困らせるようなことはしませんよ」

思わず唇を尖らせた心梨に、微笑ってみせる環が憎らしい。こうしていると、どこから見ても非の打ち所のない完璧な優等生に見えるからだ。

「ふん、エキセントリックのEだろ」

昨日の恨みは忘れてないぞ、と視線に呪いを込めたら。

「僕はエクスタシーのEにしてあげてもいいんですよ?」

さらに呪いを込めた卑猥な視線で返されて、心梨はサッと顔を青褪《あおざ》めさせた。あの一連の恥ずかしい変態行為を覚えているのが、自分一人ではないという事実を痛感したからだ。

「じゅ、授業を始めるっ!」

今さらのように、その事実を思い知った心梨は。一気に人生が暗くなった気がした。

結局、物理と数学を通して三時間と休憩《きゅうけい》時間の三十分まで環に見つめられ続けるという新手の苦行《くぎょう》に遭遇《そうぐう》した心梨は、午前中の授業を終えただけで身も心も疲れ果てていた。

「あいつめ……………新手の嫌がらせを思い付いたな」

いつものように授業の間中ずっと環に絡《から》まれ続けるというのも疲れるが、今回の熱心に見つめられ続けるという攻撃も精神的にグッタリくることを心梨は学んでしまったのだ。

これから毎回この調子で苛められ続けたら、老年の塩田でなくても口内炎ができてしまうかもしれない。なんとなく胃の辺りまで痛むような気がするのは被害妄想だろうか。

「……………口内炎の薬も買っとこう」

思わず学校帰りに薬局へ寄ってしまうほど、心梨は追い詰められていた。今まで呑気《のんき》に環の解答をエレガントだなどと見惚れていたのが嘘のようだ。昨日の事件が頭をよぎって、心梨は授業中ずっと羞恥に血の気が上がったり、恐怖に下がったりの繰り返しだったのだ。

どんなに数え直しても、夏休みまであと二週間。その日数がいきなり減ったりするわけがない以上、環と顔を突き合わせ続けなければならない現実が厳しい。

「土日だけが心のオアシスか――――泣けるな」

思わず我が身の不幸を嘆いてしまうのは、心梨の精神が弱いせいではないだろう。自宅のあるマンションへ辿り着くまでの最後の坂が、いつもの倍は辛く感じるのも極度の精神的疲労のせいなのだ。決して心梨がヒヨワな数学教師だからではない。

「とうとうノイローゼになったのか俺は……？」

やっとの思いで坂を登りきった心梨は、思わず幻覚《げんかく》を見てしまうほど疲れている自分の網膜《もうまく》に癒《いや》しの目薬を買ってやるのを忘れていたらしい。

「オイオイしっかりしろ、そんなことがあるはずが…………ないよな」

自分を励《はげ》ますように呟いたはずの声が、立ち籠《こ》める不安に一気に暗くなっていく。

「遅かったじゃないですか、まさかどこかで浮気してたんじゃないでしょうね？」

自宅マンションの入口で仁王立ちする幻覚が、恐ろしいことに幻聴《げんちょう》までセットになって目の前へ現れたからだ。

「でっ、出たな桜大路ッ！」

ヒッと悲鳴めいた声を上げて、思わず後ろへ飛びすさった心梨は。

「環です、忘れたとは言わせませんよ？」

教えてあげた時のこと、という意味ありげな微笑みに呆気なく捕まってしまった。

背後霊《はいごれい》のようにピッタリ後ろを付いてくる環に、エレベーターを降りる足取りが普段の十倍増しに重くなった心梨は。

「なかなかいいマンションじゃないですか、賃貸《ちんたい》？」

どこまでも能天気な声に、もはや口の重さは百倍増しだった。答える気力どころか生きていく気力まで失《な》くしそうな気分だからだ。

「もしかして先生は僕を無視する作戦なんですか？」

可笑しそうに顔を覗きこんでくる環に、

「付いてくるなっ！」

キッと睨む心梨はもう半泣きの気分だった。やっと環から解放されるはずの放課後に、何が悲しくて家にまで押しかけられなければならないのかわからない。

「僕のことは気にしないでください」

わからなくてもキッパリと言いきる環が後ろから付いてくる以上、

「気にしろ！」

どっちにしろ心梨はかなり不幸な状況と言えるだろう。

「あんまり可愛くないこと言ってると、昨日のことみんなに言っちゃいますよ」

後ろの背後霊が、怖いことをサラリと言ってしまうのが恐ろしい。

「桜大路っ」

思わず振り返った心梨は、

「環以外の呼び名には応答しません」

ツーンとそっぽを向いた環に一瞬暗い殺意を抱《いだ》いてしまった。日本に法律と警察がなければ、間違いなくやってしまいそうな瞬間である。

「…………………………環」

長い長い沈黙は、様々な逡巡《しゅんじゅん》と色んな感情を煮詰めた上でできたものだ。名前を呼ぶ声が低くなるのは、考え付く限りの呪いを込めた成果だろう。

「なんですか、心梨先生」

途端にパッと照れたような笑顔になる環は、心梨の込めた呪いに気付きもしないらしい。

ウキウキと嬉しそうに見つめてくる瞳は、心梨とは正反対にどこまでも浮かれている。

「おまえ――――どこまで付いてくるつもりだ？」

辿り着いた、三階の廊下の突き当たり。閉じたままの鉄のドアを前にして、心梨は不安にドキドキする胸を押さえるように俯《うつむ》いた。なんとなく後ろを振り向いて環を見る勇気がないのは悪い予感が大群で押し寄せているせいだろう。

「なんだ、そんなこと気にしてたんですか？」

だったら早く言ってくれればいいのに、という明るい声に胸のドキドキが酷くなる。

「ふふふ、さて僕はどこへ行こうとしているのでしょう？」

まるでクイズをしているような環の声に、ドッと疲れが脳の皺を埋もれさせる気がした。

ここはマンションの廊下の突き当たり。目の前にあるのは鉄のドアが一つだけ。

そして、そのドアの先には。

「お、…………俺の家？」

廊下の床を見つめたまま、這《は》うような声で心梨が答えたものしか存在しないのだ。

「正解」

なかなかエレガントな解答ですよ、という環の声にドキドキがバクバクに変わって。

「な、なんで？」

思わず尋いてしまった心梨は、

「家出してきたんです」

明るく返ってきた環の答えに心筋梗塞《しんきんこうそく》を起こした人のような表情になった。

小さな1LDKのマンションの一室で。

「かっ、帰れ！　帰りなさい！　帰ってくれ！」

必死に叫ぶ口調が混乱を極めているのは、マンションの部屋の持ち主、梅園心梨。

「嫌です」

ごく短い返事で答えたのは、彼の教える生徒にして現在家出真っ最中の桜大路環だ。

「俺のほうが嫌だ！」

叫ぶ声が思わず半泣きになってしまうのは、その家出人と全く会話が成り立っていないからだった。有無を言わさず強引に部屋まで上がりこんだ環は、勝手に巨大な旅行バッグをリビングへ投げ入れたきり物怖《ものお》じした様子もなく勝手にソファで寛《くつろ》いでいる。

「先生も遠慮しないで寛いでくださいね、あ、お茶でも淹《い》れましょうか」

まるでリビングの入口で立ち竦んでいる心梨のほうが客のような振る舞い方だ。どこをどう考えても、初めて訪れた部屋で取る態度とは思えない。

「なんで俺が遠慮するんだ…………」

その何もかもが当然といった環の態度に、怒るよりも先に呆然としてしまう心梨は修行が足りない。何から何まで環のペースに乗せられてしまっているのだ。

「先生、なんですかこの妙なヒモは？」

ふいに、目の前へぶら下がるヒモの存在に気付いた環が首を傾げた。ヒモの先に付いた二頭身のウルトラマンを不思議そうに見ている。

「ソファに寝転がったまま電気が消せるんだ、合理的だろ」

ヒモを引っ張ると電気が消せるのだと答えた心梨は、なぜこんな呑気な会話をしているのか疑問を感じつつも流されていた。ヒモの疑問に答える前に、なぜ今おまえが俺の家にいるんだ、という巨大な疑問を環に投げかけるべきなのに頭が混乱しているらしい。

「じゃあこのヒモは？」

今度はキッチンから伸びているヒモを指す環に、

「これは俺のオリジナルなんだ、いいか見てろ」

思わずソファへ腰を下ろしてヒモを引っ張ってしまう心梨は完全に支離滅裂《しりめつれつ》だ。思考と行動がバラバラで一致していない。かなり危険な精神状態になりつつあるのだろう。

「寝転がったまま冷蔵庫からビールが出せるんだぞ、画期的《かっきてき》な発明だろ」

自慢げにヒモで引き寄せたビールを取った心梨が、

「素晴らしいアイディアですね、まさに数学的発想だ」

その行動が結果的に問題の家出人の隣へ座ることだと知ったのは。

「ただ、冷蔵庫のドアを閉めに行かなきゃならないところに改良の余地がありそうですが」

悪戯っぽく笑う環が、すでに抱きしめ態勢に入っていると気付いた時だった。

「ささささ桜大路っ！」

どこまでも学習能力のない心梨に、

「環です」

いちいち訂正《ていせい》しながらギュッと抱きしめてくる環は躊躇《ためら》いもなければ遠慮もない。

「やっと二人きりになれましたね」

嬉しそうに囁いて、今にもキスしそうな仕種で唇を近づけてくるのだ。

「待て！　わかったから落ち着け！」

何がわかったのか自分でもわからないが、とにかく叫んだ心梨のほうが落ち着いてない。

完全に焦りまくっているのは、昨日環にされたことを忘れていないからだ。

「でっ、電話！　電話が鳴ってる！」

唐突に鳴った呼び出し音に、逃げる口実《こうじつ》を得たように叫んだ心梨は。

「逃げたら許しませんよ？」

キッチリ抱きしめられたまま、その手が優雅な仕種で軽快な音を立てる携帯を取り出すのを見ているしかなかった。鳴ったのは自宅の電話ではなく環の携帯だったからだ。

「母さま？　環です」

ごく自然に出たらしい、その受け答えを心梨は顎《あご》が外れそうな気分で聞いてしまった。今時どこのどいつが自分の母親に向かって「母さま」なんて言うんだ、と思うのと同時に、それが桜大路環だというだけで意味もなく納得してしまう。なんとなく、その鳥肌もののやりとりさえ納得させてしまうだけの力業《ちからわざ》を持った何かが環にはあるのだ。

「嫌です、僕は帰りませんよ」

本気ですからね、という低い声に抱きしめられたままの心梨は嫌な予感を覚えた。その言い方に、さっき環が言った「家出」という単語が嘘や冗談ではないと感じたからである。

「無理やり連れ戻したりしたら――――死んでやる」

暗い声にギョッとして環を見たら、

「僕は心梨先生の言うことしか聞きません、大学に行くかどうかも先生の説得次第《しだい》だ」

さらに恐ろしいことを言われて心梨は血の気が引きそうになった。どういう話の展開《てんかい》になっているのか知らないが、とにかく環は心梨の家に堂々と家出して来ているらしいのだ。しかも、自殺だの大学進学だのという問題まで環の切り札になっているらしい。

「先生は僕が納得するまで家にいていいって言ってます、当然ですよ」

追い出したら死んでやるから、という台詞を怖いくらいの笑顔で言った環に心梨は気を失いそうになった。どう考えても自分が究極に追い詰められているとしか思えない、今の状況と今後の恐ろしい展開に気付いたからだ。

「いいよ、先生に尋いてみればいい――先生は僕の味方だからね」

ふいに電話を差し出されて、心梨はブンブンと首を振った。出られるわけないだろう、という拒絶のリアクションである。

「先生、母です」

だがしかし、嫌だと思えば思うほど、嫌だと思うことに向かって突進させられてしまうのが人生だった。しかも人生のハンドルは、自分ではない誰かが握っているのだ。

『フェルマー』

たった一言そう大きく書かれたノートを目の前に突き付けられた瞬間、

「はじめまして梅園です！」

心梨はガバッとソファの上へ起き上がると電話に向かってご挨拶を始めていた。今現在、心梨の人生のハンドルを握っているのは桜大路環という悪魔らしい。

「そ、そうです、むむむ息子さんは真剣に将来について悩んでいるようでっ」

いつの間に取り出したのか、環は大学ノートを心梨の前へ突き付けて満足そうに頷いている。そのノートには、心梨の言うべき台詞がマジックで理路整然と書かれているのだ。

「はぁ？　いえ、私は大学へ行くよう……環くんを必死に説得しています？」

ノートに書かれていることを単純に読み続けるうちに、心梨の頭は疑問符でいっぱいになってしまった。これ以上、疑問符が増えたら脳が崩壊するかもしれない。

「安心して、環くんのことは――――私にすべてお任せ、ください？？？」

崩壊寸前の心梨の左脳は、目の前へ差し出された日本語を正しく朗読《ろうどく》することに一応の成功を見せている。

ただ、その内容を決定的に理解も納得もしていないだけで。任務《にんむ》は遂行《すいこう》しているのだ。

「……………………」

何度も涙ながらに感謝する環の母親に、心梨は深い罪悪感と目眩を覚えた。その、毛の先ほども自分の息子を疑っていない母親の愛情に、納得のいかない何かを抱いたからだ。

「母さま？　そういうわけで、僕は家には帰りませんから」

先生もそうしろって言ってくれてるしね、なんて微笑う環に。

「なんで……………なんでそうなるんだ？」

真っ白になっていた心梨の脳裏《のうり》へ、残っていたのはどこまでも広がる疑問だけだった。

「わかりました…………できる限り善処《ぜんしょ》します」

壊れかけのヨレヨレの声で校長からの涙の電話を切った心梨は、すでに精神的な疲労の限界を遥かに超えていた。

「よかった先生、僕とのハッピーライフに善処してくれるんですね？」

背中に張り付いている、悪魔の申し子を追い出すことが決定的に不可能になったことを校長の口から通告されてしまったからである。

「…………………」

何がどうなって、こうなったのか心梨にはサッパリわからない。わからないが、いつの間にか気が付いた時には。

ただの一度も同意しないまま。

「心梨先生？　顔色が悪いですよ？」

なぜか心梨は――――この悪魔の申し子と暮らすことになっていたのだ。

子供の頃から頭脳明晰、今では物の考え方の学問ともいうべき数学の教師をしているはずの心梨は。今までの人生で一度も自分をバカだと思ったことはなかったのに。

「……なぜだ」

人生最大の難問を前にして、生まれて初めて自分は少しおバカさんなのかもしれない、という疑惑《ぎわく》に駆られていた。この理解できない状況に陥っている原因と理由が、根本から何一つわからなかったからだ。

「おまえ、本当は悪魔だろう……」

絶対に人間じゃない、と遠い気持ちで呟く心梨は追い詰められていた。環の母親だけでなく、今の電話で校長からも環を頼むと言われてしまったのだ。波状攻撃《はじょうこうげき》で仕掛けられた罠《わな》に頭の先まで浸《つ》かっている自分に目眩がしそうだった。その罠を仕掛けた男が、七歳も年下の生徒だという事実に、よけいに打ちのめされた気分になってくる。

「悪魔だろうと恋人だろうと、先生に僕を追い出すことはできませんよ」

ウキウキと背中から抱きしめてくる腕に、もう逆らうだけの気力もない。すでに疲労が限界を超えすぎていて、声を出す元気すらないのだ。

「これで今日からハッピー同棲《どうせい》ライフですね」

浮かれたように首筋へキスされて、ビシッと一瞬で心梨の眉間へ皺が寄った。

「やめろ！」

疲れている場合でも元気を失くしている場合でもないことに気付いたからである。

「やめようかやっちゃおうか、どうしようかなぁ」

明らかに浮かれている手が心梨を背中から抱きしめたまま。

「やめろ桜大路！」

シャツのボタンを外そうと動いている限り、必死に抵抗しなければならない。このままでいたら、どうされてしまうのか、心梨は嫌というほど知っているのだ。

「やっぱりやっちゃおうっと、名字で呼んだから」

大人しくしていたら、何をどうされてしまうのかまで学習したことを忘れるわけがない。ほんの昨日、習ったばかりの別名『フェルマーの最終定理』は心梨の心と身体にクッキリハッキリ刻み込まれている。そのおかげで心梨はこの不幸にして非常識な状況に追いこまれているのだ。これで忘れたら知能に問題があるだろう。

「環っ！　環くん！　環ちゃんッ！」

大声で名前を連呼《れんこ》した心梨は、もう二度と間違っても環を桜大路と呼ばないことを胸に刻み込んでいた。

「今日は素直じゃないですか、また身体に教えてあげようと思ったのに」

その言葉どおり、身体に刻まれるのだけは御免《ごめん》だったからだ。

「や、やめてくれるんだな？」

思わず涙目になって顔だけで環を振り返った心梨は。

「もう一回、環って呼んでくれますか？」

思いがけなく可愛い態度でお願いされて安堵《あんど》にホッと息を吐く。

「……環」

半泣きになりそうだった心梨は、素直に名前を呼ぶと。

「心梨先生………」

強く拘束《こうそく》するように抱きしめられていた腕を解かれて、バッと環へ向き直った。背中は危険だと学んだからだ。まるで身動きが取れないことを学習したのである。

「……………可愛い」

なのに向き直った途端、今度は正面からギューっと抱きしめられてグェッと蛙《かえる》のような悲鳴を上げた。

「先生、ムードがありませんよ」

不満げな環に、なんでおまえとムード出さなきゃならない、という文句は声にならない。

「！」

いきなり重なってきた唇に、何か言おうとする前にキスを仕掛けられたからだ。

「たっ、環！」

ブンブン首を振ってキスから逃げた心梨は、

「あっ、眼鏡を返せっ」

その次の瞬間には眼鏡を奪われてしまっていた。酷い乱視の心梨は、眼鏡がないと殆ど何も見えない状態なのだ。

「嫌だ、返しません」

微笑って、キスしてくる唇を避けようにも、何もかもがダブって見える視界では上手くいかない。それどころかよく見ようとするあまり自分から環に顔を近付けてしまう始末だ。

「眼鏡かけてる時の先生は綺麗だけど、外した時の先生はすごく可愛いから困るね」

食っちゃいたくなる、という声が唇に触れて心梨は血管が千切れそうなほど赤くなった。

「な、何が食っちゃいたいだっ、この変態め！」

それがどういう意味なのか、わかってしまうからだ。

「先生、そういうこと言っていいんですか？」

ふいに低くなった環の声に、心梨は一瞬だけビクリとして。

「フェルマーの最終定理――先生だって喜んでたと思うけど？」

意地の悪い、揶揄かうような声に悔しくて恥ずかしくて涙が滲んだ。そうなったのは環のせいなのに、自分だけが悪いみたいに言われる屈辱に泣きたくなるからだ。されるまま、達してしまったことぐらい覚えている。けれど、そうなるように仕向けたのは環なのだ。

「………おまえなんか嫌いだ」

悔しさに見つめた先で、環がどんな表情をしたのか眼鏡のない今はわからない。それを知るには、心梨が自分から顔を近付けなければ叶わないからだ。

「泣かないで…………先生を苛めるつもりはないんだ」

優しく頰に触れられて、よけいに心梨はバカにされたような気になった。七つも年下の、自分の教え子にされる仕種ではないと思うからだ。

「出ていけ、おまえなんか家に置いてやらない」

押し退《の》けるように環の胸へ突っ張ると、そのまま逃げようとして失敗する。

「僕を追い出していいんですか？」

先生クビになっちゃうよ、という威圧的な声に腕を掴まれて。

「放せっ、おまえなんか追い出してやる！」

強引な仕種で心梨はソファへ座らされてしまったからだ。こうなると、心梨に勝ち目はない。どんなに抗《あらが》っても、体力のない心梨に環の腕を解くことはできないからだ。

「確か校長先生は僕の気のすむまで家に置いてやれって言ってましたよね？」

逆らってもいいんですか、という嫌味な言い方にも腹が立つ。その勝ち誇ったような、傲慢《ごうまん》な態度に心梨はカッとなった。

「逆らってやる！　先生なんかやめればおまえと対等だ！　ザマーミロ！」

退職だ転職だと思い付くまま叫ぶ心梨は本気だ。教師だという理由だけで心梨の意思が縛られることはない。教師なんてただの職業にすぎないのである。そのために職業選択の自由があることを忘れるほど心梨はバカではないのだ。

「たかが仕事のために、おまえの言いなりになるほど俺はバカじゃない」

言いきった心梨に、ぼやけた視界の先で環の頰が一瞬ピクリと引き攣った。心梨が数学以外の何かのために屈辱を耐えてまで我慢することはないのだと気付いたらしい。

「――――先生」

深い、何を考えているのかわからない声に心梨は偉そうに眉を持ち上げてやった。

「僕は我が校始まって以来の秀才、神童《しんどう》とまで呼ばれた男です」

淡々と事実を語るためだけの口調は環が自慢しているわけではないことを伝えている。それを聞く心梨の顔に驚きも尊敬もないことを知っているからだろう。

「それがどうした、俺だって理系では神童と呼ばれた男だ」

文系はダメだったけどな、という台詞は飲みこむ心梨は正しい。環はオールマイティ型だが、心梨は理系だけなのだ。一歩でも劣ることは言わないのが喧嘩《けんか》の常套《じょうとう》だろう。

「僕は現役の神童です」

たたみかけるように言いきった環に心梨は少しだけ不安を覚えてしまった。なんとなく、この展開は前にも見たことがある上に押しきられそうな気がしたからだ。

「その秀才で神童な生徒が――自殺したら大変な騒ぎになるでしょうね」

脅《おど》すような声よりも、

「自殺?」

その単語に表情を強張らせた心梨は。

「そうです、その理由が身体の関係まであった心梨先生に冷たくされたからだなんて」

世間にバレたら、あなた一生針のムシロですよ、という声に血の気が引く。確かにバカではないが、世間知らずで心情に訴えられると弱い心梨の、どこをどう突けば崩れるかを環は心得ていた。そういう意味でいえば、環こそバカではないらしい。

「ま、まさかおまえ本気で……嘘だよな?」

願いを込めた言葉に、環は薄く微笑うと突き放すようにシリアスな声で告げる。

「僕は本気ですよ」

いつでもね、という声が脳に響いた瞬間。一気に立場が逆転したことを、心梨は知った。

環に追い立てられるようにお風呂へ入って、グルグル回り続ける思考に疲れ果てたあと。逃れられない運命に憂鬱な気分でリビングへ帰った心梨は。

「先生、湯加減どうでした？」

すぐに伸ばされた腕に呆気なく捕まって、諦めたように苦悩のため息を吐いた。すでに抵抗するだの反抗するだのという気力が萎《な》えていたからだ。

「湯上がりだからかな、先生の頬、ピンク色に染まってる」

綺麗ですね、などと恥ずかしげもなく言う環に抵抗しようとするだけ無駄だということを悟《さと》ったのかもしれない。心梨の明晰にして優秀な数学的頭脳は、襲い来る現実の困難さと環の不可解さには勝てなかったのだ。

「敗北だ…………」

人生始まって以来の完璧な敗北という屈辱に、心梨は考えることを放棄《ほうき》することにした。だって考えるだけ不毛《ふもう》なのだ。

「ごはんの用意、できてますからね」

うっとりと心梨の濡れた髪を拭《ふ》く環が、なんの躊躇いもなく押しかけ女房の気分でいる以上、心梨は押しかけられ亭主という役割を演じるしかないからである。

「────環」

「はい、先生」

その瞬間、心梨の根性は座った。こうなったら、取るべき道は一つしかない。

徹底的に亭主関白《ていしゅかんぱく》を貫く。これしかないだろう。言うべき台詞は、フロ、メシ、寝る。あとは終始不機嫌を貫けばいい。こうして考えると、亭主関白的人生ほど明瞭《めいりょう》にして簡潔、数学的エレガントな生き方はないような気がしてくるから不思議だ。

「いいか、よく聞け」

高飛車《たかびしゃ》な態度で環を見上げた心梨は唐突に自分の生きるべき道へ希望を見出していた。

「この家に住む以上、今日から俺はおまえの亭主だ」

宣言《せんげん》する心梨に、環が少し驚いたように目を見開く。当然だ、いきなり男子高校生の身で男に亭主宣言されたら誰だって驚くだろう。

「俺は亭主関白を貫く、文句があるなら今すぐ荷物まとめて実家へ帰れ」

居丈高《いたけだか》に言いきった心梨に、

「先生、やっと認めてくれたんですね………！」

感極まったようにギューッと抱きしめてくる環は亭主関白の厳しさを知らないらしい。気に入らないことがあれば有無を言わさずテーブルをひっくり返し、少しでも反抗すれば完膚なきまでに暴力を振《ふる》う。嫌なことがあれば酒を呑んで延々とクダを巻き、決め台詞は文句があるなら実家に帰りやがれ。それが心梨の想像するところの亭主関白なのだ。

「文句なんてありません、僕は先生の妻として尽くして尽くして死んでいきましょう！」

そんな前時代的な暴君に心梨が変身したとも知らずに喜んでいる環に、心梨は高笑いが漏れてしまいそうだ。

「言いきったな環、あとで泣いて後悔しても知らないぞ」

久しぶりに勝ち誇った気分を噛み締めた心梨は、自分の優秀すぎる脳に陶酔していた。

「もちろん、後悔なんて僕の人生に必要はありません」

けれど迷いもなく言いきった環に、

「ウッ！」

いきなりグキッと首を掴まれて顔を上げた瞬間。

「先生こそ後悔しても遅いですよ――――もう一生、離してあげない」

怖いくらい不気味な真剣さで囁いた声に、ゾッと背中が寒くなるような後悔を感じて。

うっとりと落ちてきた唇に、早くも心梨は亭主関白宣言を撤回《てっかい》したくなっていた。

初めての環の手料理は、独身男のツボを押さえまくった純和風おふくろの味攻撃だった。絶品と言うしかない肉ジャガやダシ巻卵はむろん、特製の味噌汁に至っては言葉では表せないほどの逸品《いっぴん》だったのだ。心梨がお風呂に入っている間の僅《わず》かな時間に、デザートの梅ゼリーまで創作してしまう抜け目のなさが恐ろしい。非の打ち所がないとは、まさに環のような人間のことを指すのだろう。

「…………悔しい」

こんなものが食えるかっ、と亭主関白らしくテーブルをひっくり返す予定だったはずが、晩酌《ばんしゃく》までウキウキといただいてしまっている状態に心梨は敗北者の気分を味わっていた。

「ツマミまで美味いなんて…………完敗だ」

ほどよく冷えたビールに、塩味の効いた枝豆が憎らしい。なんと言っても揚出し豆腐の美味さは筆舌《ひつぜつ》に尽くしがたいほど完璧な出来映えだ。

今夜のそれは、考えるまでもなく一人暮らしを始めてから初めて味わう夢のような夕食と晩酌だった。これで環が本物の美人妻だったら、心梨は最高に幸せだろう。

「せめてアイツが女だったらよかったのに」

しみじみとありもしないことを考えてしまいながら、ビールを注《つ》ごうとした心梨は。

「誰が女だったらよかったんですか？」

スッと伸びてきた手にビールの缶を奪われて、ハッとしたように顔を上げた。

「いいお湯でした」

にっこりと微笑う環の、そのままゴクゴクとビールを飲む横顔の美しさにボーッとしてしまう。環の顔をハッキリと認識したのは、もしかしなくてもこれが初めてかもしれない。いつも心梨が見惚れていたのは、環の導き出すエレガントな解答だけだったからだ。個体として桜大路環を認識していても、実際のところ心梨は他人の容姿に興味がないばかりか何の注意も払っていなかった。そういう意味で言えば、心梨が自分も含める人間の容姿に注目したのは今の環が初めてなのだ。数字と数式以外のものに一切の興味を持たなかった心梨にとって、それは衝撃的なことだった。漠然と将来の夢に美人妻の存在を描いていても、現実的に人間の個体を認識する以上の興味を持たなかったせいだろう。

「先生？　どうしたの、可愛い顔しちゃって」

ふいに心梨の視線に気が付いたのか、環がふわりと微笑う。その表情に意味もなくドキドキして、心梨は今度こそ本気で環が女だったらよかったのにと思ってしまった。

「はい、お代りどうぞ」

もしも環が女だったら、間違いなく心梨の理想とする美人だったからだ。美人で料理が上手くて数学が得意。特に最後の数学は譲れないかもしれない。エレガントな解答を出す知性というのは、心梨にとって何よりも魅力的な要素なのだ。

「みっ、未成年はビールなんか飲んじゃいけないんだぞっ」

思わずカッと頬が熱くなるのは、自分が考えてしまったことが恥ずかしいせいだった。いくら環が美人で料理が上手くて数学的センスがあっても。たとえフェルマーの最終定理が上手いとしても、環はれっきとした男なのだ。もう二度とあんなことをさせるわけにはいかないし、してもらうわけにもいかない。同性の上に未成年の教え子。これ以上、先生が手を出してはいけない理由と条件の揃った人間はいないだろう。

「そうですね、あんまり飲むのは僕も賛成じゃありません」

晩酌はやめましょう、と言う環に頷く。酔った勢いで手を出さないとも限らないからだ。

「飲みすぎて失敗するなんて嫌だしね」

しかし続けられた意味深な台詞に、怪訝そうに首を傾げた心梨は。

「だって記念すべき初夜だ――うんと先生を可愛がってあげるよ」

抱き上げられた瞬間、手を出されるのは自分のほうだという事実に気付いてしまった。

六畳しかない寝室の、大半を占めている本の山を器用に避けて。

「俺の研究書がっ！」

ダブルベッドの半分を占領《せんりょう》している本を雪崩《なだれ》のように床へ落とした環は容赦《ようしゃ》がなかった。

「あとで拾ってあげます」

そのベッドの上へ押し倒した心梨の上へ、雷より早く身体を重ねて来たのだ。

「やめろ……っ！」

その重みに、漠然《ばくぜん》とした恐怖を感じて心梨は身体が震えてしまった。なんとなく、有無を言わせないような環の態度に本能的な脅えを感じたのだ。

「先生、もしかして僕が怖いんですか？」

嬉しそうに頬擦りしてくる環に、それでも怖いんですなんて正直に言えるわけがない。

「誰が怖がってるっ!?」

心梨は仮にも男にして教師なのだ。教え子の環に押し倒されたぐらいでビビるわけにはいかない。大人の社会人としてのプライドが許さないからである。

「やめろ環っ」

それでも察知《さっち》する危機に、必死に身体を捩《よじ》らせている心梨はわかっていない。

「やめません、どうして先生は同じことしか言えないんですか」

そんなことをしても、すでにその気になった妻の本能を止めることはできないからだ。

「おっ、俺に手ぇ出されても知らないぞっ！」

思わず隠していた切り札を振りかざすように叫んだ心梨に。

「先生………」

環は今にも吹き出しそうな、それでいて感動しているような表情をした。まるで珍しい生き物か何かでも発見したような不思議な表情だ。

「ど、どどどうだっ、ビビっただろっ」

本当は完全に自分のほうがビビっているくせに鬼の首でも獲ったかのように言ってやる。ビビってるなら今のうちだぞ、もうやめて大人しく寝ろと暗に言っているのだ。

「ええ、あんまり感動的でビビりましたよ」

あくまでも、心梨的には。手を出すのは大人の自分であって、高校生の環ではないのだ。それが正しいかどうかは、心梨本人の主観の問題だろう。

「そうか、ビビったか、それなら」

やめなさい、と続くはずの言葉は。

「思う存分手を出してください、僕ならいつでも大歓迎です」

うっとりと答える声に途切れてしまう。

「か、歓迎？」

恐る恐る尋いた心梨に、

「ええ、大歓迎です」

さぁ早く手を出せと環の瞳は熱弁を振っている。何か、そこはかとなく追い詰められた気になったのは心梨の気のせいではないだろう。

「ウォっ!?」

ぐぐーっと強く押し付けられた腰に、はっきりと環の欲望を感じて。その生々しい感触に心梨は焦燥《しょうそう》にも似た不安を感じてしまった。

「フェっ、フェルマーはできない！」

できないぞぅっ、なんて宣言してしまうのは胸を浸《ひた》す不安のせいだ。自分がされることばかり心配していた心梨は、押し付けられた環の昂りに初めて「自分がさせられる」かもしれないという可能性の存在に気付いてしまった。

「大丈夫、先生にしゃぶってくれなんて言いませんよ」

躊躇いもなく言われた言葉の露骨《ろこつ》さに心梨は真っ赤になってしまう。

「しゃ、しゃぶるとか言うなっ」

今までずっとフェルマーだのなんだのと遠回しに表現していたことを、直球ストレートで言うなんて酷い。なんだかわからないが、心梨には耐えられない類いの単語だ。

「じゃあ、おしゃぶり？」

一応は考えてから言ったらしい環に、ブンブン首を振って抗議する。おしゃぶりもダメ、放送禁止という意味だ。

「わかりました、もう言いません」

だから泣かないでね、なんて言われて死にたくなる。環の言動は心梨から見れば恥ずかしいなどという一般的な次元を遥かに超えていた。これ以上、何か卑猥なことや偉そうなことを言われたら発作的に殺してしまいそうだ。

「先生、超ひも理論ってご存じですか？」

ふいに唐突なくらい違う話題を持ちかけてきた環にホッとする。

「ブーツストラップ理論の発展系なんですけど、知ってますよね」

きっといたたまれない心梨の気持ちを察したのだろう、環は恥ずかしいことを言うのをやめて数学的話題に切り替えてくれたらしかった。

「当たり前だ、二次元の平面を丸めた中に余分な次元がたたみこまれるってヤツだろ」

世界は巨大なマカロニだという理論だと、心梨も思考を数学的世界に戻して答えてやる。さっきまでの話題に戻るのは嫌なのと、得意分野の話題だったからだ。

「そう、そのマカロニの長さは宇宙の直径だっていう話なんですよね」

つまりマカロニの中には一〇次元ないし二六次元の宇宙がたたみこまれていて、長さは一〇の二八乗、一五〇億光年だという理論に環は興味があるらしい。

「俺はマカロニより漫画とか小説を書いた紙を丸めたような空間だと思ってる、いいか」

思わず熱く語ってしまうのは、数学フェチにして物理マニアの悲しさだ。ここがベッドの上で、自分の上に乗っているのが環だという現実を完全に忘れている。心梨の頭の中はすっかり宇宙の彼方《かなた》なのだ。宇宙の真理に目覚めた心梨にとって、たとえパジャマの中へ卑猥な手を突っ込まれていても、取るに足らない小さなスケールの問題なのである。

「ただの紙なら見ても面白くもなんともないだろ？　でも漫画とかは面白いじゃないか」

つまり、漫画や小説の中に世界を感じることが紙を丸めた空間に宇宙が存在する証拠だと語る心梨は熱心な指が自分のパジャマの前を開いていることに気付いていなかった。

「わかります、その紙を丸める力が神の一撃、つまり感動だってことですよね」

ストーリーがあるからただの紙が面白く感じるんだ、と一も二もなく同意する環の指はその素肌に触れることに夢中だ。神妙《しんみょう》な口調と指の動きが相反している。

「漫画とか小説の場合、その神の一撃と言われるものは感動とかだと思うんですけど」

ふいに環は小難《こむずか》しそうな表情をすると、真っ直ぐに心梨を見つめた。その疑問に答えて欲しいという、純粋な知的欲求を湛えた表情は浮かれさせるだけの力を持っていたらしい。

「なんだ、遠慮せずに言ってみなさい」

思わず先生の気分で気前よく促してやった心梨は。

「僕のマカロニの場合は、やっぱり恋の一撃が原因なんでしょうか？」

遠慮なく返ってきた想定外の質問に、首を傾げてしまった。

「おまえのマカロニ？」

なんなんだそれは、という心梨の純粋な疑問は。

「衝動に正直なマカロニですよ、先生にも付いてる可愛いこの子です」

意味ありげに重ねた腰を揺らすという、不純な仕種で答えられて。その噂のマカロニの恥ずかしい正体に気付いた心梨は、真っ赤になったまま固まってしまった。

「なっ、なにを言ってるんだっ」

そのマカロニの不自然な硬さに、今がどういう状態なのかを思い出したからだ。

「普段はクタっとしてるのに、急に宇宙を内包《ないほう》したような状態になるでしょう？」

やっぱり恋の一撃でしょうか、という環は完全に面白がっている。ギューギューそれを心梨に押し付けて、煽るみたいに擦《す》り合わせてくるのだ。

「先生のも硬くなってきたね…………宇宙の神秘を感じるな」

揶揄かうような微笑みに、恥ずかしくなって顔を逸らしてしまう。ついさっき見た、環の知的欲求を湛えた表情は単なる性的欲求の間違いだったのだ。それを大真面目に尋いてやった心梨は、浮かれた分だけ騙し討ちに遭《あ》ったような気分だった。

「環…っ」

卑猥な腰つきにビクリと身体が竦む。けれど逃げようとして叶わない。ベッドと環の腰に挟まれて身動きが取れないからだ。

「先生のマカロニは、どんな一撃が好き？」

はだけた胸へキスを落とされて、心梨は声を上げそうになった。自分が宇宙へ旅立っているうちに、パジャマの上着は脱いでいるのと変わらない状態になっていたのだ。

「…………そんなに声、恥ずかしいの？」

思わず強く唇を噛んだ心梨に気付いたのか、環は困ったように顔を上げると。

「恥ずかしくないから唇、噛まないで」

唇が切れちゃうよ、なんて言いながら心梨の眼鏡を素早く外してしまった。それきり、頭の上のほうで眼鏡を置く音がしただけで、心梨にはどこへ置かれたのかもわからない。

「返せっ」

慌てて取り返そうと伸ばした手は、待っていた仕種にパジャマの袖《そで》を完全に抜かれて。

「見えないほうが恥ずかしくないでしょう？」

言いくるめるような声に、避けられないまま甘いキスをされてしまう。

「…たま、きっ」

触れるだけのキスさえ、よけいに恥ずかしさを煽られる気がして。

「ね、眼鏡がないほうがたくさんキスしてあげられるよ」

微笑った気配が、まだ唇に触れたままだからいたたまれなくなった。

「それとも、先生は僕のマカロニをちゃんと見たいから眼鏡をしたいの？」

揶揄かうような言い方に、違うと必死に首を振る。そんなもの、眼鏡があってもなくても直視したいわけがないからだ。

「だったら眼鏡はいらないですよね」

見たいなら別ですけど、という意地悪な声に。

「いっ、いらないっ！」

罠に嵌《は》められるまま答えてしまう心梨は哀れだ。

「よかった、初めて意見が一致しましたね」

眼鏡を奪われた以上、環のキスを避けることもできないからである。

「…………ちくしょう」

悔しくて涙が零れそうになった時。

「そんな顔しないで…………初めての夜なのに狡《ずる》いよ」

まるで環のほうが苛められているような仕種で心梨の肩へ顔を埋めてきた。もう意地悪しないでって言うみたいに。

「そんなの、おまえが勝手に決めたことだろ」

なんとなく、苛めてしまったような錯覚《さっかく》に環の髪を撫《な》ぜたら。

「亭主宣言してくれたのは、先生のほうだよ？」

忘れないで、なんて責めるように言われて羞恥に狼狽《うろた》えてしまった。確かにそれは環の言うとおりだけれど、こんなことまでされるとは考えてなかったから言えただけなのだ。

「だから僕はやめてあげない、絶対にね」

ふいに顔を上げた環は、真っ直ぐに心梨を見つめると。

「前言撤回される前に、既成《きせい》事実作ってやる」

宣言するまま――――噛み付くように唇を重ねてきた。

環の指が身体に触れるたびに、どんどん意識が曖昧になっていく気がした。心梨は今、どういう状態で自分が何をされているのかを正確に把握《はあく》していない。

「たま、き……っ……」

それはもしかしたら奪われた眼鏡のせいかもしれなかったし、男子生徒と卑猥な行為をしていることをはっきりと意識したくないせいかもしれなかったけれど。

「心梨先生、好きだよ………大好き」

意識まで溶けそうになるのは、囁く環の声が甘すぎるせいだと心梨は思う。その声が、好きだと囁くたびに身体の力が抜けてしまう気がして目眩がする。卑猥な指先に追い立てられるように、どんどん昂っていく欲望は。さっき弾けたばかりなのに、もう甘い疼《うず》きを持て余して辛いくらいだ。

「……、ぁ」

ツンと尖った胸を唇で挟まれて、腰の奥が焦れたように熱くなる。ほんの些細《ささい》な愛撫にさえ感じて、心梨は自分が酷い淫乱になった気がした。

「先生………もっと感じて、メチャクチャになっていいよ」

欲望を見透《みす》かしたような舌が卑猥に蠢《うごめ》いて、煽るみたいに心梨の昂りを指で扱く仕種がたまらない。自分から腰を振ってしまいたくなるような、焦らすだけの指。唆されるまま衝動に従うには、まだ少し刺激が足りない。

「………環」

それしか縋る言葉がないみたいに、心梨は掠《かす》れた声を上げた。その名前を呼ぶだけで、何もかも与えられるような気になるのは最初に環が教えたせいだ。

「たま、き……っ…」

甘く名前を呼べば、気持ちよくしてもらえる。そう信じているようにくり返す心梨に、環は幸せそうな笑みを浮かべた。

「いきたい………?」

尋ねる声は甘くて、酷く満たされたような表情をしている。心梨に求められることが、嬉しくてたまらないみたいに。

「………い、きたい」

真っ赤になって、それでもまだ恥ずかしそうに唇を噛む心梨は普段が嘘のように可愛い。いつもの、興奮したことなんてございません、という澄ました態度とは別人みたいだ。

「素直な先生も可愛いよ」

伸び上がってきた唇に、小さなキスをもらって。カッと頬を染める心梨は、ぼんやりとした視界の中で環しか見えなくなる。

「キスも、もっと………?」

うっとりと響く声に、答えられなくて唇を噛んだら。

「………ダメだよ、噛んだりしちゃ」

微笑って、そうっと環が唇を重ねてきた。小さく触れるだけのキス。何度もキスは唇に触れてくるから、心梨の強情な唇は少しずつ解けていく。

「好きだよ」

囁く声に、唇を舐められてたまらない。深くならないまま続けられるキスは焦れったいくらい優しくて。優しい分だけ、もどかしくさせる。

「たまき」

名前を呼ぶ声が焦れてしまうのは、早く熱いキスに夢中になりたいせいだ。けれどそう素直に口にするのは恥ずかしくて、心梨には言えそうになかった。

「先生ったら、狡いよ」

苦笑して、まるで意地悪する仕種で環が唇を甘く噛む。ちゃんとキスをねだって欲しいと教えるみたいに。

「ん、」

けれど、もっと、なんて言わなくてもすぐに熱いキスは叶えられるから。心梨はキスをねだるのが上手いのかもしれない。自分でそう意識していないだけで、きっとそうなのだ。少なくとも、環にキスを我慢できなくさせるだけの効果はあるのだから。

「……、…ん」

忍びこんできた舌の熱さに、目許《めもと》を染めて。与えられる深い唇付《くちづ》けに甘く酔ってしまう。上顎をくすぐる舌に、のけ反るような快感が背中へ走る。もう夢中になりそうだ。

「っ…、ゃ」

無意識のうちに、しがみ付いた環の背中へ爪を立てて。気紛れに舌を吸う感覚に苦しいほど感じた。甘怠い快感に重くなる腰は、達してしまいそうな予感に震えている。

「ん…っ、ぅ」

噛み付くようなキスを自分から仕掛けて、心梨は無意識に昂った自身へ手を伸ばした。少しも激しくしてくれない環の愛撫が焦れったいせいだ。

「…………もう、我慢できない？」

ふいに唇を離した環が囁く。興奮したような掠れた声に、よけいに昂ってしまいそうで。

心梨は切羽詰《せっぱつ》まった衝動を必死に堪える。

「たま、き…っ」

何度も頷いて、環の手を急《せ》かすように引っ掻く。強く扱いて欲しくて、もう心梨は狂いそうな気分だった。

「な、に……？」

ふいに身体の上から重みが消えそうな不安に、閉じていた瞼を開けたら。

「もっと気持ちいいこと、してあげる」

環が微笑って、頬へキスを落とした。そのまま離れてしまいそうな肩を、捕まえようとして叶わない。一瞬だけ早く、環が身体を起こしてしまったからだ。

「大丈夫、先生はそのまま寝てていいよ」

宥めるように昂りを扱く指に、騙されるまま甘い吐息を零して。

「ん、………たまき」

大きく脚を開かれた感覚に、愛撫をもらうことで心梨は羞恥を忘れてしまったみたいに快感に夢中になる。達したくて、もどかしくて、たまらなかったからだ。

「ぁ、ぁ…っ」

小さく漏れる声に、快感を堪えるようにシーツを掴む。開いた脚の間で、環の煽る指が激しくなった。限界まで、あと少し。身体が小刻みに震えて、暴れ出したくなる感覚。

「ん、や………ッ！」

ふいに、唐突なくらい快感が強くなって。唇を噛んだ瞬間、心梨は激しい衝動に逆らいきれなくなった。

「あ、…っ」

ビクビク震える感覚に、瞼を強く閉じて余韻《よいん》を味わう。零れた欲望は環の指を濡らして、その感触さえ心梨の吐息を甘く掠れさせた。

「………気持ちよかった？」

そうっとキスを落としてくる囁きに、首筋まで赤くなって心梨は顔を逸らしてしまう。うん、なんて言えないからだ。

「先生、可愛かったよ」

嬉しそうに囁く環の声は、けれど欲情に濡れたように掠れたままで。

「ごめ…、…っ…俺、だけ」

自分だけ達してしまったことが恥ずかしくて、心梨はいたたまれない気分になった。

「気にしなくていいから………息、落ち着くまでじっとしてたほうがいいよ」

ね、なんて宥めるようにキスまでされて立場がない。自分のほうが七つも年上なのに、何もかもリードされて環のペースに乗せられているだけなのだ。

「環？」

達したばかりの快感に流されていた心梨は、ふいに違和感を感じて眉を寄せた。何か、意識もしていなかったところに、想像もしていなかった異物感を感じたからだ。

「――――痛い？」

心配そうに尋く環に、咄嗟《とっさ》に首を振って。

「よかった、少しだけ我慢しててくださいね」

深く入りこんできた感覚に、

「たたた環っ!?」

ギョっとするまま身体を起こそうとして心梨は失敗する。

「………ったぁ！」

途端に走った鋭い痛みに、そのままベッドへ逆戻りしたからだ。

「大丈夫ですか!?」

心配そうな声に、大丈夫じゃないと言おうとして声にならない。身体の奥の、普段なら意識もしていない場所に環の指が埋めこまれていたからだ。痛みよりも、そんなところに指を突っ込まれているという衝撃的な事態に心梨は打ちのめされていた。

「そのままじっとしててくださいね、すぐに気持ちよくなるから」

声だけは優しげなまま、探るように指を動かす環は酷く興奮している。聞いている心梨のほうが不安になるくらいの興奮ぶりだ。

「た、…たまき」

今にも不安で死んでしまいそうになりながら、必死に勇気を振り絞って何をしているのか聞こうとした心梨は。

「つた！　たたたたぁーっ！」

いきなり増えた指に、ベッドをバンバンと叩いてしまった。プロレスで言えばロープ、ボクシングで言えばタオル。どう見てもやめてくれというリアクションである。

「痛い？　でも大丈夫ですよね？」

なのにそれは環の目には試合続行可能に映ったらしい。

「濡らしたから、指ぐらいなら平気なはずだ」

勝手に決め付けるのは、環が自分の欲望に従っているせいかもしれない。きっとルールが違うのだ。同じプロレスでも環が挑《いど》んでいるのはノーロープ有刺鉄線《ゆうしてっせん》の死闘《しとう》なのだろう。

「い、たい…っ、たま、き…、痛…い！」

痛みに涙を零しながら、ベッドの上へずり上がろうとする心梨の腰を掴んで引き戻す環は非情なファイターだった。

「大丈夫、じっとしてれば痛くないから、ね？」

丸めこもうとするような猫撫で声をしていても、その指は心梨の中から出ていこうとはしないままだからだ。

「や…っ！」

ふいに、萎《な》えていた自身へ愛撫を加えられて身体が震える。指を埋められたまま愛撫をもらっても苦しいだけのような気がして怖い。

「力抜いてじっとしてて、気持ちよくなっちゃえば痛くなくなるよ」

勝手なことを言う環が憎くて、心梨はよく映らない視界のまま環をキッと睨んでやる。

「痛い…っ、環、そこ痛い…っ」

すぐに涙がボロボロ零れてきて、心梨は酷いことをされているような気になった。それでも環がやめてくれる気配がないからだ。

「口でしてあげようか、ね、そうしたら気持ちいいよ？」

手を替え品を替え、機嫌を取るようなことを言っていても指を抜かない環に悲しくなる。

「泣かないで、先生が気持ちよくなるようにするから」

オロオロしたような環に、涙が止まらなくて心梨は悔しくなった。こんなことで泣いてしまう自分と、泣いてもやめない環の両方にだ。

「な、なんで……こんな、こと…っ？」

しゃくり上げながらしか、尋けない自分が情けない。身体の奥に感じる環の指が、酷く傷付けられている証拠のように思えて実際の痛み以上に苦しくなった。

「………先生」

ごめんね、なんて辛そうな囁きが頬へ落ちてきて。

「たま、き…っ」

我慢できないまま強くしがみついたら、そうっと労《いたわ》るようなキスが触れて涙がよけいに酷くなった。

「好きだよ、すごく先生が好きでたまらない」

本当だよ、なんて囁く声に無意識に嗚咽《おえつ》が甘くなって。自分でもどうしてなのかなんて説明が付かないのに、心梨は安心したような気持ちになってしまう。

「………たまき」

小さく名前を呼んだら、すぐに唇へキスが触れてくる。ギュっと強く抱き寄せるだけで、キスが甘くなるから安堵してしまうなんて自分でも不思議だけれど。

「不安にさせてごめんね、苛めたんじゃないよ？」

苛めたわけじゃない、なんて言われて恥ずかしくなる。年下の男に苛められて泣いたと思われるなんて、心梨にとっては一生ものの恥だ。

「い、苛められたなんて、言ってないだろ」

真っ赤になって意地悪そうに環の唇を噛んでやる。けれどそれを意地悪だと思っているのは心梨だけだ。

「じゃあ、僕たちの意見は一致してますね」

微笑って、意地悪なキスに優しい唇で応《こた》える環は幸せそうだからだ。

「…………環」

眉を寄せて、慣れかけた異物感に気付いて唇を噛む。深く埋められたまま、指を抜いてくれない環に心梨は困ってしまった。苛められているわけではないとわかっても、そこをそうされるのが嫌なのは変わらないからだ。

「でもね、先生」

ふいに困ったように声を潜めて、

「僕の……したり、…………たりできる？」

耳元で卑猥なことを囁く環に心梨は真っ赤になってできないと首を振った。環の告げた内容が、心梨には死んでもできそうにないことばかりだったからだ。

「でしょう？」

まるで勝ち誇ったように言われて、よくない予感に心梨は眉を顰《しか》めながらも渋々頷いた。

そのわかってますよ、とでも言いたげな環の表情に不安を感じていても、できないものはできないからだ。

「安心してください、できないことを無理にさせるつもりはないから」

なのにその、もっともらしい言葉にも安心することができないのは。埋められた指と、環の状態から想像できる行為が一つしか浮かばないからだ。

「ま、まさかと思うけど……まさかな？」

最後の望みに祈りを込めるように、必死な仕種で環を見つめた心梨は。

「それは先生のご想像にお任せします」

ハッキリ言ったら嫌だって言うでしょう、という謎めいた微笑みに不安で気を失いそうになった。ハッキリ言われるよりタチの悪い答え方かもしれない。

「怖くないよ大丈夫、じっとしてればすぐに終わりますからね」

まるで注射を嫌がる子供に言うみたいに囁いて、宥めるようなキスをすると。

「――――――ったぁッ！」

ゆっくりと沈みこんできた環の欲望に、心梨は一生分の痛いを連発してしまった。

全身を浸す甘い疲労に、眉間へ厳しい皺を寄せたまま。眠っている心梨は苦悩する学者のような表情をしていた。大きな枕を抱えこむように横向きに丸まって、何か難しい問題でも解こうとしているみたいに固く唇を引き結んでいる。

「先生ったら、可愛い寝顔しちゃって」

そんな心梨を、能天気なまでに幸せそうな瞳で見つめているのは居候《いそうろう》の家出人だ。その目には眉間の縦皺さえ可愛く映るらしい。

「ダーリン起きて、もうお昼ですよ」

自分で自分の台詞に笑みが止まらないのは、仮にも昨夜心梨の妻の名をいただくことに成功してしまった名誉《めいよ》のせいだろう。

「いつまでも寝てると、ハニーに悪戯されちゃうんだから」

嬉しそうに言って、新妻は素早くベッドの中へ潜《もぐ》りこんでしまう。彼の旦那様は、まだ枕を抱えて苦悩しているままだ。

「憎たらしいダーリンだね、枕と浮気するつもりなの？」

ふふふ、なんて楽しそうに微笑って眠ったままの頬へキスをする。そうするだけで我慢できなくなったみたいに枕ごとギューっと抱きしめてしまうのは、浮かれているせいだ。

「……、るさい」

無意識に腕を振り払おうとする声は、酷く掠れていて。

「いっぱい泣かせちゃったから、声……色っぽいままですね」

反対に強く抱きしめた腕の持ち主は、昨夜その声を掠れるまで上げさせた張本人なのだ。これで浮かれていないほうがどうかしている。声を掠れさせた理由を、何から何まで克明《こくめい》に覚えているからだ。

「…………………」

降ってきた声と、その内容にピクリと眉を痙攣させて。再び長い苦悩に陥ったように、心梨は眉間の皺を深くさせた。

「もしかして眠ったふり作戦ですか？」

どこまでも幸せそうに眉間へ唇を押し付けてくる声に、瞼を開けて現実を認めるだけの勇気がない。

「それともダーリン、恥ずかしいの？」

恥ずかしいのはおまえだ！　と言えないのは眠ったふりでいることに未練《みれん》があるせいだ。

目を閉じている限り、この世にも恥ずかしい現実を直視しなくていいからである。

夢だ、これは悪い夢なんだ、と必死に思いこもうとしていた心梨は。

「一気に目が覚めるようなコトしちゃおっかなァ」

不穏な響きを滲ませた声に、

「起きた！　起きてる！　起きてるぞ！」

パッと目を開けると大声で言ってしまった。眠ったふりでいると身に危険が迫ることを知っている以上、どんなに苛酷《かこく》な現実が待っていようと起きなければならないからだ。

「おはようダーリン、素敵な朝だよ」

うっとりと近付いてくる唇を、

「誰がダーリンだッ！」

サッと避《よ》けて心梨は怒鳴ってやる。眠ったふり作戦をやめた今、その恥ずかしい呼び名を聞き流すわけにはいかない。一度でも聞き流したら最後、どこまでも付け上がることを知っているからである。

「僕のことはハニーと呼んでください」

遠慮はいりません、という勘違いな男に。

「おのれは外人か!?」

思わずガラが悪くなってしまう心梨だった。

「じゃあ心梨ちゃん、環ちゃんとでも呼び合いますか？」

チュっと素早く唇付《くちづ》けてくる環に脳の血管が切れそうになる。

「何が悲しくて男にちゃん付けしなきゃならないんだ!?」

ペペッと唾《つば》を飛ばしながら怒鳴る心梨は、目先の怒りに朝っぱらからキスされたという事実を見落としているようだ。それともキスぐらい慣れてしまったのかもしれない。昨夜、気が遠くなるくらい何度も環のキスに溺《おぼ》れたからだ。

「じゃあやっぱり環、心梨でいいですね」

ちゃん付けはナシということに、という環にウンウンともっともらしく頷いてから。

「俺を呼び捨てにするなぁっ！」

ハッとしたように叫ぶ心梨に微笑って。

「心梨さん、心梨先生………僕の旦那様」

幸せで死んでしまいたいみたいに囁く環に、意思に反して真っ赤になってしまう。

「う、うるさい」

急に声が弱くなるのは、恥ずかしいせいだ。そんな風に環が囁く理由を、忘れたくても忘れられない状況に陥ったのは自分の責任でもあるのだ。

「でも先生が元気でよかった」

もっとたくさん怒鳴っていいよ、なんて言う環に消えてしまいたくなる。脳神経と身体に残る記憶が恥ずかしすぎて心梨は言い返す言葉さえ見つからない。

「初夜なのに、しつこくしちゃったから心配だったんだ」

恥ずかしげもなく言う環に、何をされたのか嫌というほど覚えている心梨は。

「………まだ、痛い？」

内緒話《ないしょ》をするみたいに耳元へ囁いた声が、本気で心配しているように響くからよけいに消えたくなった。言われた途端に、心配された場所を強く意識して狼狽えてしまう。

「痛いに決まってるだろ、ゴ、ゴーカン魔め」

熱を持って、まだ疼いているような場所に涙が滲んだ。痛みよりも、そこにされたことのほうが心梨にはショックだったからかもしれない。

「強姦じゃないでしょ、あれはれっきとした和姦です」

ちょっと面白くないように言う環は、心梨の言い様《ざま》にショックを受けているらしい。

「ゴ、ゴーカンに決まってるっ、俺、痛いって言ったのに！」

やめなかった、なんて涙ぐむ心梨にさすがの環も少し狼狽えたような表情になった。

「ごめんね、それは本当に反省してます、本当に本当、本気でごめんね？」

オロオロと髪を撫ぜたりキスしてくる環を嫌がるように首を振って。

「あんなデカイの入るわけないって、言ったのに、………最後まで入れたっ」

思いきり非難するように睨み付けた心梨は。

「ごめんね、大きいの入れちゃって…………入れた上に腰まで使っちゃったよね」

嬉しそうに照れている環を発見して、自分の言った恥ずかしい台詞と失敗に気付いた。

「昨夜の先生———思い出したら、興奮してきちゃった」

欲情に低くなった環の声に、

「たっ、たたた環ッ！」

言葉どおり昂った部分を擦り寄せられて血の気が上がったり下がったりしてしまう。

「うん…………一回だけ、一回だけだから、ね？」

すっかりその気になった環に、その回数まで宣言されてしまったからだ。

「痛いっ、痛い痛い痛いッ！」

何かされる前から叫んでいる心梨に、環はうっとりと微笑むと。

「大丈夫、ちゃんと痛くないように」

耳朶《じだ》を噛むように唇を触れさせながら、こう言った。

「舐めてから———入れてあげるよ」

土日の連休を、悪夢のような肉体労働で埋め尽くした心梨は。

「月曜日の朝がこんなに待ち遠しかったなんて……」

嫌というほど酷使《こくし》されまくった身体で、ヨロヨロと学校の廊下を歩いていた。もともと運動だのスポーツだのというものに向いていない上に興味もなかった心梨にとって、熱意とやる気に溢れた男子高校生の激しい運動に付き合うのは苛酷なことだったのだ。本能の赴《おもむ》くまま、ノーブレーキ状態で行われる運動はフーコーの振り子より果てしなく思えた。

「あの動き……恐ろしく似ている」

もしかしたらフーコーはピサの斜塔《しゃとう》を見てではなく、ベッドの上で振り子の原理を発見したのかもしれないと思わず失礼なことを考えていた心梨は。

「小町、待ってください！」

必死に呼び止める大声に振り返った途端、

「深草先生？」

視界に現れた深草の姿に肩を竦めた。やっと朝の職員会議を終えて数学準備室へ逃げこもうと思っていたのに、疲れる人物の登場にさらに疲れそうになる。今日は精神的な疲労だけではなく、身体も疲れきっているのだ。

「先生………廊下でケンケンはしないほうが」

ただでさえ苦手な深草が、片足でケンケンをしながら飛んで来る姿に目眩がする。なぜ普通に歩いて来られないのか心梨には理解できないが、深草はイキイキと飛んで来るのだ。

「ケンケンじゃありません、飛び六方《ろっぽう》ですよ小町」

フッ、とキザったらしく髪を掻き上げたかと思うとドン、と片脚を着いて。

「待ぁっていたとはありがてぇ」

歌舞伎《かぶき》役者のように見得《みえ》を切った深草に遠い目をした。おまえが待てと言うから待ってやったんだろう、という台詞を飲みこんだ心梨は偉い。ただ答えるのが面倒なだけでも、死んだような目で深草を見るだけで我慢できる姿勢は社会人として立派だ。

「小町、ここで『ヨッ、なつかむら屋ァ！』と言ってもらえるとやりやすいんですが」

どうやら連休明けの深草の気分は平安ではなく江戸らしい。現代社会に少しでも近付いただけマシなのだろうか。

「………用件を言ってもらえると嬉しいんですが」

お祭りという踊りを十七世中村勘三郎《なかむらかんざぶろう》バージョンで始めた深草に、心梨は声が暗くなるのを隠すことができない。疲労がピークに達しそうだからだ。

「失礼、いや十七代目勘三郎は希代《きだい》の名役者だったと小町に伝えたくてね」

照れもなく答えた深草に、沈黙を守ったまま心梨は去ってしまいそうになった。

「そんなことより、お弁当です」

やっと用件を思い出したのか、それとも心梨の沈黙に気付いたのか。

「今日の松花堂弁当、小町の予約がありませんでしたよ」

弁当はいらないのかと尋く深草は、毎日頼みもしないのに弁当を心梨のいる数学準備室へ届けてくれる無意味に親切な男だった。弁当と一緒に和歌を贈るのが彼の日課なのだ。

「弁当………それには深い事情がありまして」

深い事情とは、言うまでもなく環である。新妻気分を満喫《まんきつ》している彼は、心梨に自分の作った愛妻弁当を食べさせるために朝っぱらから張り切っていたのだ。それに松花堂弁当を頼むともれなく深草の迷惑な愛の和歌が付いてくるという苛酷な状況があった。そしてそれを受け取れば嫉妬《しっと》に狂った環が何をしでかすかわからないという深い深い事情なのだ。

「深い事情？」

ふいに眉を寄せた深草は、ハッとしたように心梨を見て。

「そっ、その手に持っているのはまさか!?」

その手にぶら下げた弁当袋に気付くと、まるで世にも恐ろしいものでも発見したような驚愕《きょうがく》の表情をした。

「まさか小町に井筒《いづつ》の君ができたんじゃないでしょうね!?」

勢いこんだその台詞に、心梨はキョトンとしてしまう。井筒の君という古典用語の意味がわからないからだ。

「筒井筒《つついづつ》、将来を誓《ちか》い合った人間のことです！」

口から火でも噴きそうな勢いの深草に、

「ちっ、違います違います！」

一瞬で顔から火を噴いた心梨は真っ赤だった。必死に否定するからさらに怪《あや》しまれるのだという事実に心梨は気付いていない。とにかく環のことを隠してしまいたいと思うのは、人に言えない恥ずかしいことを土日の間中されまくったからだろう。

「じゃあその弁当はなんですか？」

疑うような視線を向けられて、心梨は意味もなく冷汗をかく。かといって本当のことを言えるわけもない。

「いや、これはですね、その…………深い事情がありまして」

一緒に暮らしてる男が作った愛妻弁当なんですよ、ええ奥さん気取りでまいりますよね、あの年頃の子は、などと心梨に言えるわけがないからだ。

第一、その問題の奥さん気取りで一緒に暮らしている男は深草も知っている教え子で。しかも学園で一番有名なと言っても過言《かごん》ではない生徒だった。どう考えても環とのことは隠し通さなければならない。バレたらクビどころの騒ぎではない関係まであるのだ。

「どんな深い事情なのかは私の部屋でゆっくりお聞きしましょうか」

急に不気味なまでに明るい笑顔になった深草に腕を掴まれて、

「いえ、私は次の授業の準備がっ」

古典準備室へ連れこまれそうな予感に心梨は必死に辞退《じたい》した。古典が苦手な心梨は古典と同義語の深草も同じぐらい苦手なのだ。何から何までチンプンカンプンだからだ。

「その汚い手を心梨先生から離せ、間男《まおとこ》め！」

いきなり背中から降ってきた威圧的な声に、

「環!?」

今度は反対方向へ強引に抱き寄せられた心梨は顳《こめかみ》が痛むのを感じる。一気に厄介《やっかい》な人間が二乗になった気がするのは、単なる被害妄想ではないだろう。

「先生は僕のダーリンだ――不義密通《ふぎみっつう》は許しませんよ」

深草を睨んだまま、傲慢に言いきった環に。今度こそ心梨は気を失いそうになった。

数学準備室へ心梨を連れこむなり、

「まったく、油断もスキもないとはこのことですね」

怒り心頭《しんとう》といった顔つきで環は閉じたばかりのドアを睨み付けた。そのドアの向こうに環は深草という名の敵を見ているらしい。

「先生も先生です、あんな古典バカのどこがいいんですか？」

気が収まらないのか、怒りに語尾《ごび》が強く響く。そんな環がらしくなくて、心梨は思わず物珍しさにキョトンとしてしまった。いつも環は取り澄ました生徒の印象だったからだ。

「心梨先生、ちゃんと聞いてるの？」

ムッとしたように眉を持ち上げた環に、

「聞いてる、聞いてます、聞いてやってるだろ」

素直に聞いているのか逆ギレしているのかわからない口調で心梨は答えた。一体おまえは何がどう気に入らないんだ、という態度だ。

「それよりおまえは授業へ行けよ、サボったりしたら許さないからな」

黙った環に調子に乗って、久しぶりに先生ぶった態度で言ってやった心梨は。

「僕を追い払って、ここで深草と何をするつもりなんです？」

予想に反した恐ろしく冷ややかな声で返されて、思わずビビってしまった。

「何って、なんだよ？」

それでもとりあえず強気な態度のまま環を睨んだら。

「僕にされたようなこと――あんなヤツにもされたいの？」

不機嫌を絵に描いたような表情で見下ろされて血の気が引く。この展開は前にもあったような気がする、と思った途端に目眩を感じた。おまけにここは同じ数学準備室なのだ。

「だ、誰になんだって？」

思わず青褪めてしまいながら尋いた心梨は、

「深草にエッチなことされたいの、って尋いてるんです」

間髪《かんぱつ》入れずに返ってきた言葉にゾッとして。

「おっ、恐ろしいことを言うな！」

想像しようとするだけでも鳥肌が立ってしまった。

「深草先生には弁当を注文しなかったことを尋かれてただけだ！」

腕にザーッと浮かんだ鳥肌を見せながら怒鳴った心梨に、環は少しだけ納得したような嬉しそうな表情をして見せると。

「だったら僕が作った愛妻弁当があるって、どうして言わなかったんですか？」

浮気だ浮気だ、なんて急に甘えたように心梨を詰《なじ》ってくる。そんな環は駄々っ児《だだっこ》みたいなのに、少しも可愛く見えないのは立派すぎる容姿のせいかもしれない。

「言えるわけないだろ!?」

常識で考えればわかることを詰られて、恥ずかしさのせいか怒りのせいか心梨は真っ赤になった。きっと赤くなるのには両方の原因があるのだろう。

「どうして言えないんですか？」

自分が年下だから格好《かっこう》でも悪いのか、という環は重要な事実を忘れているらしい。

「教え子に手ぇ出したなんてバレたらクビに決まってるだろッ！」

週刊誌のネタになるような関係なのだ、ということを。

「いいか、これからコレっぽっちでも他人にバレそうなことしたら追い出すからな」

すっかり亭主関白の立場を取り戻した心梨は偉そうに言いきってやる。爪の先ほどでも環と自分の関係がバレるわけにはいかないのだ。不本意ながらも教え子とこういう関係になってしまった以上、心梨に残された道は隠し通すことしかないのである。

「じゃあ………先生と僕は秘密の恋人っていうこと？」

言いたかったこととはかなりニュアンスが違うが、とりあえず納得したらしい環に深く頷いてやる。秘密にしてくれるなら恋人呼ばわりもアリだ。バレるよりマシだろう。

「…………ちょっと今、秘密の恋という単語に興奮しました」

ギューっと抱きしめてきた環に、

「するなッ！」

思いきり逃げようとして失敗する。なんて変わり身が早いんだ桜大路環。浮気だなんだと不機嫌全開だったのが嘘のような展開に心梨は付いていけない。

「学校だぞっ」

何を考えてるんだ、という心梨の常識的な意見は。

「学校でしちゃいけないなんて校則はありませんよ」

非常識な環には通じないらしい。校則に書くまでもなく普通はしないはずのことを学校でしたがる彼は何も考えていなさそうなのが恐ろしい。

「校則になくてもするなッ！」

血管が切れそうなほど大声で叫んだ心梨に、

「どうしてですか？」

ちょっと拗《す》ねたように環が顔を覗きこんでくる。その表情が本気でそう思っているように見えて、心梨は思わず沈黙してしまった。学校で、授業中に。教師にエッチなことしていいと思っている環のほうがどうかしていると思う心梨が間違っているんだろうか。

「まさか先生、僕が嫌いになったの？」

黙ってしまった心梨に、どう勘違いしたのか見当《けんとう》外れの質問をしてくる環に目眩がする。どうしてなのか答えない限り離してもらえそうにない態度だ。

「……………おまえ本当はバカだろう」

いつも環が導き出す、あのエレガントな解答の数々を思い出して心梨は遠い目をした。バカにでも数式は解けるのだ。それも、完璧なまでにエレガントに。

「先生、やっぱり深草と………」

疑いに低くなった声に、

「気持ち悪いこと言うな！」

反射的に怒鳴ってから。心梨はこの少しおバカさんな教え子にして新妻気分の男を納得させるために頭を悩ませてしまった。何をどう言っても環は曲解しそうだからだ。そして曲解したが最後、自分の思うようにしてしまうのである。それがこの何日かの間に心梨が学習した環の行動パターンだった。

「とにかくダメだ、学校では絶対禁止、それが嫌なら三下《みくだ》り半《はん》だ」

一方的に禁止事項を言い渡して、それが嫌なら出ていきやがれ。亭主関白としてはこれしかないだろう。

「先生………」

そんな心梨の言い付けに、環は感動したような表情をすると。

「それって——学校ではダメだってこと？」

ごく当たり前のことを尋いてきた。何を聞いてたんだと思うような理解力のなさだ。

「何回も言わせるな、俺はバカは嫌いだぞ」

思わずムッとした心梨に、環は嬉しそうに微笑って頷く。

「だって、ちょっと不安になっちゃったから」

何回も尋いてごめんね、なんて頬へキスしてくる環の浮かれように怪訝なものを感じて。

「環？」

ピクリと眉を動かした心梨は。

「わかってます、何回も同じことは言わせません」

安心してください、という環の笑顔に意味もなく顔が引き攣るのを感じながら。

「家に帰ったら——嫌になるくらい、しましょうね」

自分の言ったウカツな言葉に、一生分の後悔を味わうことになった。

流されている。恐ろしいまでに流されている。川で言えば激流だ。火山で言えば土石流。怒濤《どとう》の勢いに流れに流されて、心梨は完全に自分を見失っていた。

「……………ダメだ、数式さえ頭に入らない」

唯一の避難場所とも言うべき魅惑の数学世界さえも今の心梨には用を成さない。数式を見ても心のワクワクする瞬間が訪れないばかりか、解こうとする気さえも起きないのだ。

今も心梨はやっと終えたばかりの期末テストの採点をしているのに、機械的に○と×を付けているだけでいつものように純粋な楽しさを感じていない。まるで義理か厄介で採点をしている感覚。それは、たぶん心梨にとって数学に対する初めての味気ない感覚だった。

今までずっと、数学以上に楽しいことはなかったはずなのに。今は少しも楽しくないのだ。

それどころか早く――――奥さん気取りの居候がお風呂から出てこないかと思ってしまっていて。採点途中のテスト用紙を投げ出したいような気分を持て余している。

「…………………」

そんな自分の重症《じゅうしょう》ぶりに心梨は愕然《がくぜん》としていた。流されているとは思っていたし、毎日こんなことばかりしていたらバカになるとも思っていた。実際バカになりそうなほど毎晩、何も考えられなくなるまで快楽に溺れていたのも事実なのだ。

昔の人は偉い。こんなことばっかりしてるとバカになる、という言葉は本当だったのだ。受験生に快楽を禁止するのは正解かもしれない。今の心梨が受験生なら、確実に受験準備の段階で失敗していると思うからだ。

「まさか本当にバカになるなんて……」

けれどまさか、本当に数式を見ても数字や記号が頭に入ってこないような空虚《くうきょ》な状態が自分に訪れるなんて信じられなかった。心梨はショックに呆然としながら、焦ったようにテスト用紙に意識を集中してみる。

「……どうしよう」

けれど書かれた解答を見てもドキドキもしなければワクワクもしない。あの数式を見た瞬間に感じる奇妙な熱い衝動を感じないのだ。それは数学を愛する人間にとって致命的《ちめいてき》なことだった。あの衝動がなければ数学なんて楽しくもなんともないからだ。

「！」

やけになって乱暴に捲《めく》った用紙の、現れた次の解答にドキリとする。整然と並んだ数字。すっきりと纏《まと》められた無駄のない数式。エレガントな証明。簡潔な解答。

「これだ、この解答だ！」

思わず頬擦りしたい衝動に駆られながら、心梨はその用紙に見入った。その素晴らしい解答の導き方に興奮してしまいそうだ。これこそが心梨の求めていた数学的衝動だった。肉体的な快楽がちっぽけに思えるほどの深い快楽。脳が痺《しび》れるような見事な解答が愛しく思える瞬間にクラクラする。自分の数学的感性は鈍っていなかったのだ。バカになったと落ちこんでいたのが嘘のようだ。数字の一つ一つや、記号の打ち方にさえ感歎《かんたん》してしまう。綿《わた》へ水が染みこむように、心梨の頭は数式でいっぱいになりそうだった。

「なんてエレガントな解答なんだ」

うっとりと模範《もはん》解答とも言うべき答えを愛しげに撫ぜてしまった心梨は、

「先生って、本当に数学が好きなんですね」

背中から降ってきた声に柔らかく抱きしめられてハッとする。

「たっ、環っ！」

採点中だぞ、と慌ててテスト用紙を手で隠したら。

「僕のだから見てもいいでしょう？」

嬉しそうに首筋へキスされて、思わず見ていた用紙の氏名欄を確認してしまう。今までずっと、心梨は生徒の名前も見ずに採点していたのだ。先入観から配点に不公平が出てはいけないと、採点する時にはそれを頑なに守っていたのである。

「自分のしか見ないなら一緒にいてもいいですよね、先生」

けれどそこに書かれていた、桜大路環という文字に。

「…………重症だ」

今度こそ心梨は深刻な表情になってしまった。

「なにが重症なんですか？」

能天気に自分を抱きしめている男。その生徒の解答にしか、自分を夢中にさせた数学的衝動を感じないなんて。まだ自分は大丈夫だと信じ直した次の瞬間に、心梨が知ったのは衝撃的な事実だった。

「おまえのだったのか…………」

深刻な声で呟いた心梨の台詞に、

「僕の解答に間違いでもありましたか？」

環は怪訝そうに用紙へ視線を落とした。けれどそこに間違いがあるはずがない。

「間違いなんてない、…………ないのが問題なんだ」

あるのは心梨が見惚れてしまった完璧なまでにエレガントな答えしかないのだ。褒《ほ》めてやるべき解答に、声が暗くなってしまうのは仕方がないのかもしれない。

何よりも好きな数学でさえ、環の解答にしか快楽を得られなくなった自分を思い知ったのだ。今までもずっと、環の解答に見惚れてはいたけれどここまで露骨ではなかったはずなのに。他の生徒の解答に退屈を感じるほど、心梨は無意識に環を求めてしまっている自分が怖くなった。もう引き戻せないところまで来てしまったような、不安を覚えたからかもしれない。そんな自分に、心梨は不安を覚えるのと同時に失望も感じていた。数学を愛する気持ちを裏切ってしまったような、罪悪感めいた感情を抱いてしまうからだ。

「心梨先生？」

どうしたの、なんて心配そうな声に振り向かせられて。その視線が合った瞬間、心梨は慌てたように顔を伏せてしまった。みっともなく泣いてしまいそうな自分を、環に見られたくなかったのだ。

「………先生？」

心配げに顔を覗きこんでくる瞳に困ってしまう。たぶん環は悪くない。わかっていて、それでも八つ当たりしてしまいそうな自分を知っているから心梨は答えられないままだ。

「環」

ふいにキスされそうな予感に、反射的に顔を逸らして。心梨は態度だけで環を拒絶した。なんとなく今は、触れられるのが怖くて。ほんの小さなキスにさえ、なし崩しに流されてしまいそうな自分を心梨は知っている。本当は流されているのではないのかもしれない。

「キスするの、嫌なんですか？」

早く環がお風呂から出てくればいいのに、なんて。心梨は無意識にずっと、環のキスを待ってしまっていたのだから。

「テスト、採点してる途中だから」

意味もなく言い訳するように言って、心梨は逸らしたままの顔を上げることができない。嫌だと言えばいいだけなのに、言い訳してしまう自分に笑ってしまいそうだ。

「…………あっち、行ってろよ」

長い沈黙に耐えきれなくなったみたいに、心梨は呟いて。抱きしめられていた腕を解くように環の胸を小さく押し返した。

もしもここで、環が強引にキスを仕掛けてきたら。嫌だという心梨を無視して、力尽くで身体を重ねてきたら。きっと心梨は、環を嫌いになったはずだった。

「先生、…………僕が嫌いになった？」

けれど返ってきたのは、不安そうな囁きと躊躇いがちに腕を解く仕種で。

「男で教え子だから――――――好きになれない？」

震えそうな、自信のない声に。それ以上、心梨は顔を伏せていることができなくなる。

「環……？」

見つめた先で、環は初めて高校生の男の子の顔をしていた。いつもの、生意気に感じるくらい大人びた男の顔とは別人のように頼りなげに見える。

「キスするのが嫌なのは、テストの採点中だからって」

思っていいよね、という囁きに。心梨は、なぜか環に溺れるのが怖くなった。とっくに溺れている自覚はある。けれど、その時に初めて。心梨は本気で溺れそうな自分を感じた。

「……………嫌いじゃない」

呟くような声は、掠れて不安げに響く。けれど嫌いだなんて言えないから、心梨はそう答えるしかないのだ。

「好きだと、嫌いじゃないには……………ものすごく差があるんですよ」

苦笑したような、泣くのを我慢したようにも聞こえる声。環のそれは、たくさんの感情を殺したように響いて心梨を戸惑《とまど》わせる。泣きたくなるような、胸が痛くなる瞬間。

「あんまり困らせて、やっぱり子供だって思われるの嫌だから」

我慢してあげるね、なんて無理に微笑った環の。その表情に一瞬だけ見惚れて、そっと視線を引き剥がしたら。ドキドキする胸に、心梨は溺れそうな不安を感じた。

七歳も年下の教え子に。本気で――――夢中になってしまったなんて。

　ベッドの中で寝転がったまま本を読んでいると、昔に戻ったみたいだ、と心梨は思う。前はよくこんな風に一人で本を読みながら眠っていた。心梨はそのために大きなベッドを買ったのだ。けれど最近では、こんな風に一人で本を読むことなんてなかった気がする。奥さん気取りの、我儘《わがまま》な居候が。心梨の家にやって来たからだ。

「…………」

　その環は今、リビングで勉強をしているはずだった。夏休み前の期末テスト。あと残り二日は、眠るまでの時間を一緒に過ごすことはない。教え子と教師が同じ家に住む以上、それは当たり前の制約だろう。けれど本当は、期末テストなんて心梨には関係ないのだ。採点をするからとか、環の勉強があるからとか、そんな言い訳をして。こんな風に二人が別々の部屋で過ごしているのは、本当は環から逃げたいからだ。きっとそれは環も知っていて、知っているから素直に環がリビングで勉強をしているのだと心梨にもわかっている。けれど、わかっていても心梨はやっぱり環と一緒にいることができないのだ。

　環と一緒にいると、どんどん流されてしまいそうで。後戻りできないところまで溺れてしまいそうな自分が一番、怖かった。もう本当はとっくに後戻りできないのかもしれない。けれどそれを認めてしまうのが怖くて、心梨はどうしたらいいのかわからなくなっていた。たとえば意味もなく、環のキスが怖いと思うのは。きっとこんな風に誰かとキスをするのが初めてだからだ。ずっと数学のことしか考えていなかったのに。ドキドキして、わけがわからないまま流されて。環のことを考えるだけで泣きたくなったり、一緒にいるだけでバカみたいに楽しくなったりする。想像もしなかった自分の変化に、心梨は戸惑うだけだ。あやふやで、不安定な感情。きっと、どんな数式を使っても解くことができない難問。

期末テストが終わるまで。そう言ったのは心梨だから答えを考え続けるしかないのだ。テストが終わるまで、あと二日。まだ答えは見つからない。けれど気持ちの整理も付かないまま、また流されてしまうのは嫌だから考え続ける。本当に、環を追い払いたいのか。環をどう思っているのか、何度も何度も自分の気持ちを考えていた時。

「――――先生？」

ふいに、そっと寝室のドアが開いた。心梨は慌てて読んでいた本をベッドの端へ置くと、眠っているふりをしようとして失敗する。

「だんだん先生のベッドが本だらけになる理由がわかってきましたよ」

微笑って、壁際へ追いやられた本を取った環と目が合ってしまったからだ。

「これ、戻しておきますね」

柔らかく尋ねる声に、小さく頷いて。かけていた眼鏡をベッドボードへ置くと、心梨は壁にくっつくようにしてベッドの上へ空間を作る。どんなに言っても、別々に眠ることを環が納得しなかったから仕方がないのだ。心梨がリビングのソファで眠るのも、環がそうするのも。どっちも嫌だと言って、環は子供みたいに聞かなかった。そんな環は我儘だと思うけれど、頷いてしまう心梨も悪いのかもしれない。

「そんなに離れなくても大丈夫ですよ、先生のベッド広いんだから」

嬉しそうに隣へ潜りこんでくる環を見ると、怒れなくなってしまうからだ。

「こっち来たらダメだぞ」

ちょっとお説教するみたいに言った心梨に、わかってる、なんて答える環は嘘吐きだ。

「先生のこのヒモ、便利ですね」

寝たまま電気が消せる、という悪戯っぽい声に。あっという間に寝室は真っ暗になって。

「……………環」

当然みたいに伸ばされた腕に、心梨は攫《さら》われるように抱きしめられてしまうからだ。

「抱っこするだけ、寒いから」

なんて、環は言い訳をするけれど。こうやって抱きしめるために、こっそりエアコンの設定温度を下げる犯人も環なのだ。

「温度上げればいいだろ」

素っ気なく言って、なのに裏腹に環の肩へ顔を埋めてしまう自分が心梨は理解できない。まるで説得力がない文句。けれど環にくっつくと暖かいから、きっと仕方がないのだ。

「温度上げたら暑くて眠れなくなるよ?」

囁くような声。髪に触れてくすぐったい。環は巧妙《こうみょう》だ。設定温度を勝手に下げて、一人で眠ると風邪をひくと抱きしめてくるくせに。温度を上げれば暑くて眠れなくなるなんて我儘を言う。環は狡い。心梨が嫌だと言えないことばかり、仕掛けるのが上手いから。

「環、勝手だぞ」

文句を言う心梨は、嫌なら逃げればいいのに寒いからとくっついていて。

「先生が風邪ひくと可哀想だから」

我慢してね、なんて微笑う環を喜ばせてしまう。さっきまで考えていた色んなことが、急にどこかへ消えて行ってしまいそうな瞬間。

抱きしめられた腕の暖かさが心地好くて、ずっとこのままでいたいような気になるのは。環のせいだから、心梨は少しも言い訳を考える必要はないのかもしれないけれど。

「…………先生」

そっと、囁くような声。言いたいことがわかるから、心梨は肩へ埋めた顔を上げることができなくなる。

「環、………ダメだ」

困ったように掠れる声が、悔しくて。ダメだと教えるために、わざと環の肩へギュッとしがみついてやる。そうしたら、キスできないからだ。

「キスだけ」

焦れて響く言葉に、なぜか唐突に胸が痛くなる。けれど小さく首を振るしか、心梨には答えることができなかった。切なくなるような胸の痛みに、流されそうな予感を覚えて。

頭のどこかが心梨に発した警告音は、上手く機能しないまま鳴り続けているだけだ。

「もう、身体――――悪くなりそう」

ため息めいた声が、苦笑する響きで耳に届く。大きな手がうなじを撫ぜて、もう心梨を丸めこもうとしているのがわかるから何度も嫌だと首を振ってやる。

「ね、ちょっとだけ」

ちょっとだけだから、なんて言う環が可笑しくて笑ってしまいそうになったけれど。

「テスト中は、ダメだって言っただろ」

わざと意地悪するみたいに言ったら、環の唇が額に触れてくるのがわかった。

「もう今日の採点は終わったの知ってるよ?」

我儘な唇は、懐柔策《かいじゅうさく》に出ようとしているらしい。

「テ、テスト中はダメだ、バカになる」

そうっと眉間へ押し当てられた唇に、いつの間にか肩から顔を上げていた自分と、覆い被《かぶ》さってきた環の重みに気付いて心梨は真っ赤になった。逃げ出したくなるくらい恥ずかしくなるのは、きっとこんな瞬間に見せる環の仕種が甘いせいだ。

「大丈夫、神童はバカになりません」

微笑った声に、鼻の頭へキスをされて逃げられなくなる。どんどん流されていく感覚。けれど少しも嫌じゃないから困るのだ。バカになるのは心梨のほうかもしれない。

「先生、唇が風邪ひきそう……」

寒くないの、なんて尋かれても答えられなくて。あんなにたくさん考えていたことの、答えを捜し出す前に。考えること自体をやめてしまいたくなる。

「キスじゃないよ――暖めてあげるだけ」

言い訳めいた声は、そっと唇へ触れて。何度も、触れるだけのキスをくり返すから。

「先生が眠るまで、ずっと暖めていてあげる」

まるで催眠術にかけられた人みたいに。心梨は優しいキスに、眠らされてしまった。

いつもと同じ学校からの帰り道。夕暮れの鮮明《せんめい》な赤が反射して、歩く心梨の横顔は仄《ほの》かに赤く染まっている。夕方になっても変わらない夏の暑さに辟易《へきえき》しながら、目指す最後の坂道はもうすぐだ。急な斜面を上りきったところにある、自宅へ辿り着く頃には。きっと心梨は汗だくになっているだろう。

「つたく、あのハゲ本気で新任捜す気あるんだろうな」

懸命《けんめい》に歩きながら、学校を出る前に校長と交わしたやりとりを思い出してムッとする。不機嫌そうに眉を顰めるのは、三E担当の物理教師を捜す素振りを見せない校長のせいだ。どの教師からも敬遠されている三Eクラス。このまま二学期になっても数学と掛け持ちをしていくなんて心梨でなくても無理なはずだ。今さら新しく教えなければならないことは残ってないとしても、物理の授業内容ぐらいは頭に入れておかなければならないだろう。

それ以上に、心梨には三Eでの授業をしたくない理由があるのだ。できるなら、本業の数学さえも誰かに代わって欲しいくらい。切実な気分になるのは、そのクラスに会いたくない誰かがいるからだ。そしてその誰かは、教室だけでなく私生活にまで存在している。

今もきっと、心梨の帰りをマンションで待っているはずだ。幸せそうに、微笑って。早く心梨が帰ってこないかと、姿を捜して何度も窓の外を見てしまうような子供っぽい彼。男の心梨をダーリン、なんて呼んで。奥さん気取りでなんでも世話を焼きたがる。

その仕種や不安そうな笑顔を思い出すたび、いつも心梨は、この坂を一気に駆け上ってやりたいような、ずっといつまでも帰りたくないような、そんな気持ちになった。本当は一秒でも早く帰ってしまいたいから、その分だけ帰るのが怖くなるのかもしれないけれど。

「…………」

最後の坂に差しかかって、色んな感情を振りきるように足に力を込める。嫌がらせかと思うくらい急な斜面は、これでもかこれでもかと心梨の気持ちを試しているようだ。

この坂を上りきらなければ、永遠に家に辿り着くことはできない。家に帰れば、心梨を待っている男に抱きしめられてしまう。そうしたら、きっと。もう心梨は、そのキスから逃げられなくなる。もう昨日で期末テストは終わってしまって。採点しなければならない物も一人にならなければならない理由も、逃げる理由は何もかもなくなってしまった。

「…………環のくせに」

少しずつ平らになっていく坂に、苦しかった呼吸が少しずつ落ち着いていく。坂を上りきった瞬間。持て余しそうな感情に、心梨は泣きたくなるような気がした。

ゆっくりと止まるエレベーターを三階で降りて、空調の効いた廊下を曲がる頃には汗はもうずいぶん引いていた。マンション内の冷房が全開になっているからだろう。

「…………………」

廊下の突き当たりにある、ドアの前に立って。自分の家なのに、そのノブに手をかける瞬間、心梨は酷く緊張している自分を感じて笑ってしまいそうになる。だからと言って、一生このままドアの前で立っているわけにもいかないのに勇気が出ないせいだ。

「先生？」

突っ立ったままでいた心梨に、ふいにドアは向こうから開いた。どんな表情をしてドアを開ければいいか考えていたのに、開いてしまえば時間は待ってくれない。

「おかえりなさい、遅かったですね」

嬉しそうに微笑う笑顔に腕を引かれて。

「た、ただいま」

ドアを閉めるなり抱きしめられる感覚に胸が苦しくなる。苦しいのに、ずっとこうしていたいような気になるのは。

「おかえりのキスしてもいいですか?」

きっと、優しく微笑う瞳に見つめられているせいだ、と思う。こんな風に見つめられると、もう何も考えられなくなったみたいに身体から力が抜けてしまいそうになるのだ。

「だ、だだだダメだ!」

途端に酷く汗をかいていたことを思い出して、真っ赤になって逃げようとしたのに。

「どうして?」

強く抱き寄せる腕が離してくれないから、逃げる仕種はどんどん必死めいてしまう。

「………汗、いっぱいかいたから」

そんなことを気にしてしまう自分が恥ずかしくて、顔を逸らしたら。

「先生って、いつもすごく可愛いこと言うね」

楽しそうに微笑って、腕を優しく解いてくれた。

「でも忘れないで、僕は先生の汗の匂いも全部――好きだよ」

ほんの少し、本気の声。わざと揶揄かうみたいに言うのは、心梨を困らせないための、思いやりなのかもしれない。

「たっ、環!」

そうっと頬へキスしてくる唇に、カッと頬が熱くなる。

「おかえりのキスでしょう？」

怒らないで、なんて悪戯っぽく微笑う瞳に心梨は恥ずかしくて消えたくなった。いつも環は余裕で、まるで心梨を振り回そうとしている気がして癪《しゃく》に触《さわ》る。考える隙《すき》を与えないようにしているみたいな強引なやり方。なのにわかっていて、心梨は流されてしまうのだ。

たとえば環の、表情や仕種。もしかしたら、何もかもに。

「お風呂、いつでも入れるようになってるからどうぞ」

おまけに待っているのは至れり尽くせりの待遇《たいぐう》。文句なんて、心梨にあるわけがない。

乱暴に抜き取ったネクタイを受け取って、背広をハンガーにかけていく姿は甲斐甲斐《かいがい》しい妻の鑑《かがみ》のようだ。これで女だったら問題ないのに、なんて思うくらい。環は完璧なのだ。

「今日は特別な日だから、早くお風呂から出てきてくださいね」

バスタオルと着替えを差し出しながら、浮かれたように囁いた声に。

「特別？」

思わず首を傾げたら、すぐそばで環の悪戯っぽい瞳に出会って。

「だって今日は、先生のお誕生日でしょう？」

幸せそうな仕種で髪を撫ぜる指に、心梨は慌ててバスルームへ逃げこんでしまった。

お風呂を出てきたら、もうすっかりリビングにはご馳走《ちそう》が並んでいた。そのテーブルの中央に置かれているケーキは、心梨の誕生日だからだろう。

「2×3×7×17？」

プレートへ丁寧に書かれたチョコレートの文字は見慣れた環のものだ。綺麗に書かれた数字が美しい。どの文字も間隔《かんかく》が綺麗に一致していて、記号を打つ位置が一定している。いつ見ても、環の書く数式は心梨の好みにピッタリで見惚れてしまいそうなくらいだ。

「714＝2×3×7×17、ですよ」

ビールの代わりに今日はシャンパンを差し出して環が微笑う。自分も飲むつもりなのか、グラスは二つだ。未成年だけれど、ここは見逃してやるのが大人の計《はか》らいだろう。

「素因数《そいんすう》か、七月十四日って意味だな」

自分の誕生日を素因数で表す、というのも数学フェチの心梨の心をくすぐる。やっぱり環は完璧だ。普通の女ならここまで気が利かない。少なくとも、環ほどには。

「僕の先生が生まれた日に、乾杯《かんぱい》――――お誕生日おめでとう」

軽く頬へキスされて、恥ずかしさにシャンパンを一気に呷る。嫌がったりできないのは、素因数のケーキに気をよくしているからだ。

「た、食べるぞ環っ」

真っ赤になって頬ばったフライドチキンは熱々の揚げたてで。香ばしい衣の、パリパリした食感とジュワっと溢れる肉汁がたまらない。

「く、悔しいけどウマイ！」

どこまでも完璧な環に、まだ心梨は一度もテーブルをひっくり返したことはなかった。同居して一週間、洗濯も掃除も料理も、どれをとっても環にはソツがないからだ。特に本や資料の類いを片付けられた時は、環を尊敬してしまったぐらいだった。寝室中に乱雑に散らばった本を、環は出版社別でも数学者別でも、ましてや分野別でもなく発想別に完璧に整頓《せいとん》してくれたのだ。書き散らしたメモの紙切れ一枚さえも、キチンと本の間に挟んだ環の律儀《りちぎ》さに、心梨は惚れてしまいそうになった自分を覚えている。すべてにおいて、環は心梨を満足させてしまう。だから心梨は亭主関白を発揮するチャンスもないまま、現在に至っていて。何かに付けて痛感してしまうのは、性別や立場さえ無視してしまえば。

環の何もかもが、完璧なまでに心梨の好みの人間だということだった。

「先生？　どうかしましたか？」

お箸を握りしめたまま、苦悩していた心梨に環が首を傾げる。こうして見ると、その顔の造りも表情も、何もかも好ましく思えてくるから不思議だ。今までずっと、人間の顔に興味なんてなかったのに。

最近では、知らないうちに環に見惚れてしまうことがどんどん増えている。

「う、美味いぞ、うん」

恥ずかしくなって、意味もなくモグモグと酢豚を味わってしまう。中華料理店を今すぐ開けそうな腕前に唸《うな》ってしまいそうだ。

「先生、さっきのお誕生日に関しての問題だよ？」

楽しそうにお代りのごはんを装《よそ》いながら、問題を出してくる環に頷いてやる。

「5×11×13、さて答えは？」

悪戯っぽく微笑う環に、お茶碗を受け取って。

「715」

素早く暗算した心梨は、簡単すぎる問題に何を言ってるんだという顔付きになった。

「じゃあ、714と715と言えば？」

それでも続く質問に、一瞬だけ考えてから。

「2+3+7+17=5+11+13=29、二つの素因数の和が同じってことは」

ルース＝アーロン・ペアだと自慢げに答える心梨は、どこか子供っぽく映る。数学の話になると、いつもそうなのだ。

「ハンク・アーロンとベイブ・ルースのホームランの数から付いた名前なんですよね」

嬉しそうに言う環に、

「そうだ、連続する整数で素因数の和が等しいって意味だ」

エルデシュが無数にあることを証明していたと心梨は付け加えてやる。とりあえず先生だ、生徒より何かを知っていなくては様にならないだろう。

「先生がベイブ・ルースで、僕がハンク・アーロンだって知ってました？」

ちょっと自慢げに環が言う。ベイブ・ルースのホームランの数は七一四本。アーロンは何年も遅れてルースの記録を一本だけ上回った。七一五本を達成したのだ。

「僕の誕生日、明日なんです」

まるで何かの運命のように環が言う。先生と僕は誕生日まで運命的なんだよ、って言うみたいに。

「一日違いだったのか、そうか」

あんまり環が嬉しそうに言うから、心梨はドキドキしてしまって。

「ただの一日違いじゃないよ、ルース＝アーロン・ペアなんだから」

きっと恋人になる運命だったんだね、なんて幸せそうに言われて真っ赤になってしまう。

そんなこと、言われた瞬間に。

心梨だって、考えてしまったからだ。

「七年も生まれるのが遅れたけど、アーロンよりはマシだよね」

だってアイツはルースより三十九年も遅れてる、なんて冗談に心梨は笑って。

「今日で俺は二十五だから、今日だけおまえは八歳年下だな」

わざと意地悪するみたいに言ったら。

「数学の先生なのに嘘はよくないよ？」

正確には七年と一日だ、なんて混ぜっ返す環が拗ねたみたいに見えるから楽しくなる。

「そんなに年下なのが嫌なのか、十七歳？」

だからわざと揶揄かうみたいに言ったら、環は少しだけ困ったような表情をして。

「先生は年下、嫌みたいだから——気にならないって言ったら、嘘になる」

仕方がないけど、なんて言って小さく笑った。心梨が気にするから、年下は嫌なのだと。

軽く言ったつもりの言葉を後悔してしまいそうで、答える言葉が見つからなくなった時。

「年が足りない分だけ、努力するから……年下でも許してよ」

ふいに落ちてきた声の強さに。心梨は、キスを避けることができなかった。

ほんの短いキスをしたあと。心梨たちは二人きりで、近所の公園へ花火をしに行った。環が用意していた、たくさんの花火。きっとそれは何日か前に、心梨が今年はまだ花火をしていないと言ったのを覚えていたのだろう。辺りを照らしてくれるはずの街灯は壊れていて。真っ暗な公園は、世間を気にする二人と花火にちょうどいい暗さだった。

「わっ、バカ振り回すなよっ、危ないだろっ」

手持ち花火をクルクル振り回す環に、文句を言ったら。

「光のドップラー効果、綺麗でしょう？」

悪戯っ子みたいに微笑って、もっと大胆に花火を振り回して見せる。危なくないように心梨から少し離れた場所で。グルグルと光の輪を描く環は子供みたいだ。

「バカ、光のドップラー効果は………」

言いかけて、ふとその手が何かを書いていることに気付いた心梨は。

「なんて書いてるか当ててみて」

秘密を教えるような声に、心臓がドキドキ騒ぎ始めるのを感じた。

「わかった？」

少し離れた場所から、環が言う。手で振り回すたびに、花火の光は文字を囁いていく。

すき。たった二文字の言葉。

長く尾を引いて伝わる光は、心梨を好きだと何度も囁き続けている。

「————先生は？」

「なに？」

少しだけ、焦れたような声。胸が痛くなるから、答えるための手は乱暴になってしまう。

速すぎて見えない、という声に花火は呆気なく消えてしまって。

「バーカ、って書いたんだ」

心梨はホッとしたみたいに嘘を言った。本当の答えなんて、言えないからだ。

「おれも、って見えたけどなぁ」

走って来た声が、嬉しそうに浮かれていて。

「見間違いだ」

言い返す声が酷く照れてしまうのを、心梨は隠すことができなくなる。辺りが真っ暗でなければ、きっと心梨は走って逃げてしまっただろう。壊れた街灯に、少しだけ感謝だ。

照れている自分に気付かないふりをしてくれた、環にも。

「もう一回、新しいのでやろう？」

ライターを点ける仕種に、一瞬だけ周りが明るくなって。

「れ、は難しいから今度はす、で始めてくださいね」

これなら二文字で大丈夫だよ、なんて微笑った環の。表情まで鮮明に見えるから心梨はバカみたいにドキドキしてしまう。

「スペアもあるから、今度は焦らないでゆっくりだよ」

火を点けていない予備の花火を渡して、急いでるみたいに走っていく環の背中へ。

「れ、なんて書いてないからな、さっき」

真っ赤になって渡された花火をグルグル回したら。

「じゃあ、そういうことにしておきましょう」

先生のためにね、なんて環は可笑しくてたまらないみたいに笑った。

「ずるい、先生もちゃんとやってよ」

少し大声で言って、花火を振り回す環は職人のように何度も同じ言葉を書く。平仮名で書いたと思ったら、今度は片仮名。ゆっくり書くから、答えを教えられなくてもわかってしまう。こんなことまで上手い環が憎たらしくて、けれどやっぱり可笑しくて。

心梨は笑わずにいられない。今夜の環はまるで子供みたいだ。

「今度は英語、スペルは四つだよ」

Lで始まる単語を器用に書くたびに、瞬間だけ環の顔が暗闇の中で浮かび上がる。酷く綺麗な、環の横顔。見惚れてしまいそうな自分に気付いたのは、最近のことだ。

「ちゃんとわかった？」

二年間、毎日ずっと教室で会っていたのに。まるで環の素顔を初めて発見したような、そんな不思議な感覚に心梨は何度も出会っていて。新しい環を知るたびに、少しずつ傾斜していくみたいに。どんどん好きになっていくのは、きっともう気のせいなんかじゃない。

「先生も早く、僕に教えてよ」

あんなに認めるのが嫌で、怖かったこと。けれど気付いてしまえば、認めてしまうしかないようなことだった。心梨は瞬間的に察知する。

きっと、素直になるなら今夜が最後のチャンスだ。明日になったら、きっと言えない。

「環め、ガキに戻ってるな」

照れ隠しみたいに乱暴に言って。バカ、なんて書く心梨のほうが子供みたいだったけれど。

「やっぱりさっきの、バカじゃなかったよ」

大声で笑う環も子供みたいだから、きっと見逃してくれるだろう。

「見てろ、環なんかこうだ！」

だからほんの少し勇気を出して。心梨は叫ぶみたいに言うと、思いきったように素早く花火で文字を書いてしまった。

「…………………」

意地悪な長い文章は二文字でなんか終わらないから、環を悩ませるには充分だ。心梨は意地悪をしていると思うことで恥ずかしさを誤魔化してしまえる。一石二鳥の告白だろう。

「待って、よく見えなかった」

もう一回、なんて言う声が焦って聞こえるから笑ってしまいそうだ。

「証明の問題な、ヒントは直観論理ではありません」

真面目ぶった声で言って、心梨はもう一度大きく文字を書いてやる。さっきよりも少しだけゆっくりと夜に浮かぶ言葉。環には読み取れただろうか。

「ヒント、もっとヒントください！」

焦れた声に、心梨はしてやったりと笑みを深くして。

「これはクレタ人の逆説かもしれません」

さらに意地悪を言う心梨に、環が走って隣まで戻ってくる。

「なんでそんなに意地悪なんですか!?」

クレタ人の逆説とは、「私は嘘を吐いてない」と言った人が本当のことを言っているかどうかわからないというものだ。本当は嘘吐きなら「嘘を吐いてない」と言ったこと自体が嘘になるし、反対に「嘘を吐いている」と言われたら否定の否定で本当になるからだ。

「なんて書いたかだけ、教えて」

そうしたら、答えがわかるまで考えるから、という環は偉い。

「もう一回だけだぞ」

赤くなって、花火で小さく文字を書く心梨の手元を環はじっと見つめて。

「すき=たまき、たまき≧おれ、おれ≠すき？」

読み取れはしても、すぐに意味はわからないらしい。

「ゆえに、僕＞先生=嫌いじゃないって、どういうことですか？」

結論に辿り着いて、ますます首を傾げてしまった環に。

「ちがう、ゆえにじゃなくてなぜならば」

∴じゃなくて∵だと花火で書き直したら。

「先生、これって直観論理じゃないって言いましたよね？」

ふいに思い当たったのか、環は幸せそうに微笑って心梨を強く抱きしめてきた。

「だったらどうだよ？」

逃げないまま、その肩へ額を埋めてしまうのは。さっき告げた光の文字が正しいことを証明しているからかもしれない。

「っていうことは、否定の否定は肯定だと思っていいんですね？」

直観論理なら嫌いじゃないは嫌いに近い。けれどそうでないなら、嫌いじゃないは限りなく好きに近くなる。

「僕が先生を好きな時、僕は先生よりも気持ちが強い」

まるで謎解きをするみたいに言うと、環は伏せていた心梨の顔を優しく上げさせた。

「先生は僕を好きじゃない以上に嫌いじゃない――――つまり、好きなんだ」

真っ直ぐ見つめてくる瞳に、すべてを見透かされてしまいそうで。

「だ、だけどこれはクレタ人の逆説かもしれないって言っただろっ」

心梨は真っ赤になって反論したけれど、少しも効果はなさそうだ。

「ダメだよ、クレタ人の逆説は証明する方法がないんだから」

環は嬉しそうに微笑っているし、心梨は死にそうなほど真っ赤になっている。どっちの言い分が正しいかなんて、表情だけでバレてしまいそうだ。

だからできるだけ素っ気なく、まるで怒っているみたいに環の名前を呼ぶと。

「――――証明、終わり」

乱暴に引き寄せるまま、心梨は世界で一番簡潔な方法で気持ちを唇へ証明してしまった。

瞼から差しこむ、眩《まぶ》しい光から逃げるようにシーツへ顔を埋めて。

「ん、…………」

触れてくる小さな感触を嫌がるみたいに、心梨は手で顔を押さえる。そのまま、いつもの仕種で枕を抱きしめようとしたら。

「抱っこして欲しいの………？」

反対に強く抱きしめられて、額で唇が囁くのがわかった。

「…………たまき？」

そっと瞼を開けて、途端に感じる眩しい光に目を閉じたら。

「僕じゃなかったら誰なの？」

揶揄かう声に髪を撫ぜられて、心梨は恥ずかしくて死んでしまいそうな気分になった。

「アインシュタイン」

悔しまぎれに言い返したら、

「じゃあアッカンベーしてあげる」

冗談めいた唇にキスされて言い返せなくなる。その卑猥な舌の持ち主が、心梨の口の中でアッカンベーをしたからだ。

「たま、き…っ」

朝っぱらから深いキスをする環に、心梨は真っ赤になっている。起きぬけの眠さも消し飛んでしまいそうなキスは反則だろう。

「心梨、大好き」

いきなりギュッと抱きしめられて、呼び捨てにするなと文句を言ったら。

「だって今日は僕のお誕生日だよ？」

バースディ・スターの我儘ぐらい聞かなくちゃ、なんて環は微笑っているだけだ。

「今日はずっと、心梨って呼ぶって決めてたんだ」

だから我慢してね、なんて。嬉しそうに言われたら怒る気にもなれなくなる。それに、呼び方くらいで怒れないようなことを昨夜したばかりだ。おまけに昨夜、心梨は死ぬほど恥ずかしいことを環にしでかしてしまったという弱みもある。

「心梨、今日はキスしてくれないの？」

いきなりその弱みを突くことを言われて、

「しないっ」

心梨はカッと頬を染めた。まさか環が忘れてくれるとは思っていなかったが、いきなり言うことはないんじゃないかと思うのも人情だろう。

「恥ずかしいから？」

秘密を聞き出す時のような囁きに、そうだっ、としか言えない心梨はもう消えてしまいたい気分だった。

「お誕生日プレゼントだと思って、もう一回だけしてみて」

甘えるように何度も顳《こめかみ》にキスしてくる環に、もうおまえがしてるだろッ、なんて心梨には言えそうもない。キスされていることを認めるのが恥ずかしいからだ。

「えー、僕お誕生日プレゼント欲しいなー」

テコでも動かないノリの心梨に、環は甘えっ子作戦に出た。昨夜もさんざん、その手に乗せられて心梨は恥ずかしいことをさせられたのだ。

「プ、プレゼントなら昨夜やっただろっ」

真っ赤になって主張する心梨は、深夜十二時ジャストから環の言いなりになっていた。久しぶりだったせいか環はしつこくて、心梨はまだ慣れない行為に延々と付き合うハメになったのだ。それが朝まで延長されるなんて確かにあんまりだろう。

「うん……心梨、素敵で最高だった」

途端に昨夜のことを思い出したのか、興奮した声が耳を噛んでくる。もう環はすっかりその気だ。理性というブレーキが壊れたのか、心梨を欲しがる仕種で身体を寄せてくる。

「もっとしたい、ね、しよう……？」

押し付けられた昂りに、ビクリと身体を強張らせて。

「た、環……！」

必死に身体を捩ろうとして心梨は失敗する。

「心梨……ここ、まだ熱いね」

卑猥な声で囁く指に、身体の奥を探られてしまったからだ。

「……や、っ」

背中から回した指が、ゆっくりと入ってくる感覚。濡れた感触に、環がいつの間にか指をゼリーに浸《ひた》していたことを知る。完全に計画的犯行だ。

「痛い？」

眉間の皺を伸ばすように唇《くち》付《づ》けられて何度も頷く。なのに、指は出ていかないままだ。

「大丈夫、指は痛がるのに、僕だと気持ちよくなるみたいだから」

昨夜発見したのだと自慢げに言う環に、恥ずかしくて逃げ出したくなった。

「奥まで入れれば、気持ちよくなるから……ね？」

昨夜あんなにしつこかったのは、夢中になっているせいだと思っていたのに。ちゃんと環は、冷静に心梨がどうすれば感じるのか研究していたのだ。

「たま、き……っ…」

そんな環が憎らしくて、心梨は込み上がる悔しさに涙が滲んでしまう。だって自分は環の言うとおりにするのが精一杯で、環がどんな表情をしていたのかも覚えていないのに。じっと我慢する子供みたいに、必死に恥ずかしさを堪《こら》えて大人しくしていた心梨を。環がどう思っていたのか、想像するだけで悔しくてたまらなくなった。

「先生、そんなに嫌………?」

泣かないで、なんてキスする仕種によけいに涙が出る。環の余裕が悔しかった。

「なんで、おまえだけ………か、観察するなよ」

冷静でいるなんて狡い、と言いたかった声は嗚咽《おえつ》に掻き消されてしまって。酷く泣いてしまった心梨に、環は溶け出しそうな声で何度も謝ってくれた。

「僕は全然、冷静なんかじゃなかったよ?」

しゃくり上げるたびに、誤解だと告げるキスが落ちてきて。

「冷静でなんかいられるわけないよ——先生が、好きだから」

囁く声の甘さに流されてしまいそうになる。好きだ、と囁く時。いつも環は、真っ直ぐに心梨を見ていて。囁く声や表情は酷く甘いのに。響きだけが、真剣に聞こえるから視線を逸らせなくなった。

「どうしたら先生が気持ちいいって思ってくれるのか、心配で仕方がないんだ」

苦笑したように囁いて、嫌いにならないでって何度も懇願《こんがん》めいたキスをする。

「だって、ずっと痛いままじゃ嫌われちゃいそうだから」

必死になっちゃうだけなんだ、なんて囁く環がなぜか可愛く思えて。

「バカ……」

抱きしめるみたいに腕を回してしまうのは、罠に嵌まっているのだろうか。

「先生、……やっぱり嫌？」

尋ねる声に、嫌だと言えば簡単なことだった。きっと環は笑って、小さなキスをする。それから何か冗談を言って、優しく心梨を離してくれるはずだ。

「したくない、……けど」

したい。迷いながら言った心梨の声は、少し掠れていたかもしれない。

「不完全性定理だ、おまえが考えろ」

本当はしたくない。だけど、環がしたいならしたい。どっちも本当で、一つの答えだけを証明すると矛盾《むじゅん》が起こる。それが本心だから、仕方がないのだ。

「それって――僕次第だってこと？」

柔らかい声に、知らない、なんて言って。なのに抱きしめた腕が強くなるのは、心梨の矛盾を表しているのかもしれない。

「先生、教えてくれなきゃ勝手にしちゃいますよ」

わざと冗談めかした声に、心梨は意地悪く笑って。

「今日は先生って呼ばないんじゃなかったのか？」

涙が滲んだ目尻を乱暴に擦《こす》って照れ隠しをした。泣いていた自分を誤魔化すみたいに。

「じゃあ、心梨」

そっと身体を起こして、目尻にキスを落としながら。ゆっくりと、仰向けにした心梨の上へ身体を重ねてくる環はこんな時にさえ素早くて優しくて憎たらしいくらいだ。

「………入れてもいい？」

囁く声に、ギュっと目を瞑《つむ》って。押し当てられた熱さに唇を噛む。こんな瞬間が、一番嫌だ。何度しても、怖くて逃げ出したくなってしまう。

「大丈夫、痛くない方法………知ってるから」

卑猥な声と、労るような仕種。けれど環は急がない。心梨のために、そうすることを。知っているから、心梨は目を強く閉じたまま。環の重みに夢中になってしまった。

待ちに待った夏休み。けれど地獄の受験生に付き合って、三日に一度は夏期講習に参加しなければならない新米教師は大変だった。

学校では先生として生徒を教育し、

「ダメだぞ、絶対に玄関から先はダメだからな！」

家でもやっぱり教育している心梨は学園一、大変な先生だろう。

「わかってます、玄関を出たら先生と生徒なんだよね」

学校ではともかく、家庭での成績がよくない生徒と暮らしているからだ。

「今日もお仕事頑張ってね、ダーリン」

チュっと素早くキスしてくる生徒は奥さん気取りの男で。

「環！」

お誕生日以来、先生の言うことを少しも聞かない悪い生徒になってしまっている。彼が有頂天《うちょうてん》になるまで付け上がるだけのことを、二人のお誕生日に連日でしてしまったからだ。

「まだ玄関は出ていませんよ、まだ僕と先生はダーリンとハニーです」

キッパリと言いきって、名残惜《なごりお》しそうに抱きしめてくる環は寂しがり屋のハニーらしい。毎回のように、心梨が出かけようとするたびに邪魔してくるのだ。

「ダーリンだのハニーだの言うな！」

真っ赤になって怒る心梨は、けれど説得力がないから辛い。

「じゃあこれからは旦那様って呼ぶから、僕のことは可愛い奥さんって呼んでください」

外国映画みたいでしょ、なんて言う環の背中へ腕を回してしまっているからだ。

「誰が可愛い奥さんだッ!?」

至近距離で怒鳴る心梨は、玄関ドアの手前で拘束されていて。

「あなたの可愛いハニーです」

わかってるくせに、なんて微笑う唇に何度もキスを盗まれている。毎回のように玄関で時間を食うから。その分だけ二人は早起きしなければならないのだけれど。

「もう一回だけだから……ね？」

眠っているのが勿体《もったい》ないと、主張する生徒がいるから仕方がないのだ。今も彼は、その時計を見せてしまわないように一生懸命になっている。時計を見たら、心梨が駆け出してしまうことを知っているからだ。

「…………一回だけだぞ」

そんな環の画策《かくさく》を知っていて、それでもやっぱり付き合ってしまうから。心梨は腕時計を見てしまわないように、環の背中から腕を離さない。時間に気付かなければ、うっかり遅刻をしてしまっても仕方がないと思うからだ。

「先生、大好き」

そっと触れてくる唇に、儀式《ぎしき》のように目を閉じて。さっき切ったばかりのエアコンに、早く切りすぎたと心の中で文句を付ける。

「ん、………」

ゆっくりと忍びこんでくる舌先。噛んでやろうかと思う心梨の企《たくら》みは、まだ一度も成功したことはない。噛もうとする前に、環の悪戯な舌に捕まってしまうからだ。

「…っ」

ほんの少し逃げかけた身体を、壁へ優しく押し付けられて動けなくなる。顎を辿る長い指に操られるまま、上向いた唇は大胆なキスを拒むことさえできない。

「………ん」

僅かに触れた環の頬に、眼鏡が押し上げられて。ずれたフレームの感触に、舌を噛んでキスの終わりを要求したら。

「…っ！」

裏腹に環の指が眼鏡を奪って、キスは激しくなってしまった。もっとと勘違いされたのかと焦る心梨に、環は舌を甘く吸う仕種で黙らせようとするだけだ。

「ダ、メ…っ、……環っ」

ふいにキスが終わらなくなる気がして、心梨は唇を避けようと必死に身を捩った。こんな風に環が眼鏡を外してしまうのは、心梨を奪おうとする時の合図だからだ。

「たま、き…っ」

唇を噛んで嫌がる心梨に、環は仕方なさそうに小さなキスをする。腕はまだ抱きしめたまま、離す気配もない。顳《こめかみ》や髪へ何度も未練がましいキスをしてくるのだ。

「バカっ、学校行けなくなるだろっ」

肩で息を吐いて、必死に抗議した心梨に。

「じゃあお休みしましょう、せっかくの夏休みなんだからそれがいい」

軽く言って触れるだけのキスをする。名案だとでも言いたげな仕種は、まるで反省していない環の心境を物語って憎らしい。

「ダメだダメだ！　学校をサボってどうする!?」

強く言うのは、本当は心梨も学校をサボっちゃいたいからかもしれない。

「どうしてそんなに真面目なの？」

そんなに学校が好きなんですか、と言う環は重要なことを忘れているらしい。

「俺は教師だ！　学校に行くのが仕事なんだ！」

大声で主張しなければならない、心梨の職業を都合よく記憶から消却《しょうきゃく》しているからだ。

「じゃあ僕に人生を教えてください、重要なことです」

真面目な顔で言って、心梨の顔を覗きこんでくる環は悪魔の申し子だった。

「今すぐベッドで四十五分間一本勝負の授業しましょう」

きっと燃えますよ、なんて嬉しそうに言ってしまえる環の神経が心梨には信じられない。

朝っぱらから、恥ずかしげもなく。

「なっ、なんでもうカタくなってんだ!?」

元気になった部分を心梨にギューギュー押し付けてくるからだ。

「若いからでしょう」

照れたように答える環は、褒められたとでも思っているのだろうか。

「あっと思った時にはもう硬くなってますよね、すぐ大きくなっちゃうし、不思議」

呑気に人体の神秘について語られても困る。だよな、やっぱおまえもそう？　なんて、心梨には絶対に答えられないからだ。

「大丈夫、先生も若者なんだからすぐに硬くなっちゃうよ」

手伝ってあげようか、などと本気でぬかす環に付いて行けないし行きたくもない。

「いい、いらないっ！」

キッパリと断って、逃げようとした心梨は背中を向けた途端に抱きしめられてしまう。

「遠慮しないで、ハニーとダーリンの仲じゃないですか」

目の前に壁、後ろは環。すでに逃げ場がないことに気付いた時には遅すぎたらしい。

「遠慮なんかしてない！」

遠慮なく伸びてきた手にベルトのバックルを外されて発狂寸前のパニックになった。

「挿入《そうにゅう》腰振り後にして、キスと愛撫は長くする、服を着てたら脱がしちゃえ、ですよ」

謎の法則を謳《うた》いだした環に目眩がしそうだ。どうやら四則《しそく》計算のパクリらしい。

「わけのわからないことを言うな！」

法則どおりにされてしまう予感に、必死に身体を捩っても遅すぎる。

「わけがわからなくても押し通す、それが俺節《おれぶし》」

若さの暴走でしょうか、なんて冗談めかす環がとっくに興奮しているからだ。どんなに抵抗しても押し通されるのが俺節なら、抵抗しようとするだけ無駄というものだろう。

「先生、授業の準備はいいですか？」

卑猥に響く声に、心梨は完全に遅刻してしまう自分の運命を呪ってしまった。

真夏の炎天下の中、校庭には冬服のブレザーを着込んだ生徒たちが群れを成している。意味もなく長い夏休みを利用して、今日は卒業アルバムの撮影をしているのだ。

「見てるだけで暑さに倒れそうな光景だな」

その様子を冷房の効いた数学準備室の窓から眺めていた心梨は、暇すぎて眠ってしまいそうだった。担任を持っていない心梨は最後まで後回しにされている教科担当の撮影まで待っていなければならないのだ。呼ばれるまでここでボーッとしているのは退屈だけれど仕方がない。大人しく本でも読んで時間を潰すしかないだろう。

「スミルノフを制覇《せいは》するチャンスだと思おう」

重すぎて学校に置きっぱなしになっていた本を仕方なく取り出して。

「?」

ふと窓の外を見ると、環が中庭にやって来るのが見えた。どうやら教室で撮る日常風景の撮影が終わったらしい。全体写真とクラス写真を撮りに移動して来たようだ。

「なに澄ましてんだか」

真面目そうな表情をしてクラスメイトに何か答えている環は不機嫌に見える。いつもの、あの浮かれた男とは思えない面倒そうな態度だった。

「…………」

自分以外の、同年代の友達と接している環を観察するのは初めてかもしれない。そんな環に興味を覚えて、心梨は窓の外から見えないように身体を部屋の奥へ引いた。こっそり見ていることがバレたら格好が悪いからだ。

「見られてることも知らずに環のバカめ」

意地悪そうに言って、環を見つめる恥ずかしさを誤魔化してしまう。窓の下で、心梨の視線に気付かない環は何か他の生徒に指示を出したり手元の紙を見たり忙しそうだ。

「他のヤツにも偉そうなんだな」

自分のクラスだけでなく、他のクラスの人間にも指示を出している様子からいって環は卒業アルバムの製作に何か権限を持っているらしい。環の出す指示にみんな素直に従っているのは、いつもの授業の時と同じカリスマ様の威力なのだろうか。

こうして遠くから眺めていると、環の飛び抜けた美貌と絶対的な態度が際立って見える。いつも、家で見る時とは少し違う感覚。心梨が知っている、優しくて甘い、我儘な環とは別人みたいだ。なんとなく、そんな環に寂しさを感じて心梨は戸惑ってしまった。

「………なんだよ、環のくせに」

可愛い奥さん気取りの環。大人ぶるのが好きで、いつも心梨を子供扱いしようとする彼。時々、ふいに子供っぽくなって。甘えようとする仕種で、心梨を欲しがってばかりいる。大声でバカみたいに笑って、心梨の気を引こうと冗談ばかり言うような年下の男。心梨とルース＝アーロン・ペアの誕生日を持つ、我儘で勝手で。

なのに心梨を——夢中にさせる、秘密の恋人。

「環のくせに………」

けれど今は窓の外で、環は他人みたいな顔をしている。こんなに心梨が見ているのに、気付きもしない。有能な優等生を演じているような、素っ気ない横顔。まるで、知らない人みたいに心梨の目に映る。記憶の中にいる、いつもの環とまるで印象が噛み合わなくて。

今、心梨が現実に見ている環は。なぜだか酷く遠い気がした。本当はどっちが本物の環なのだろうと、無意識に考えるような自分に目眩がする。本物も偽物もないからだ。

「………どっちも環だろ」

呟いた声の響きに、自分でもドキリとして。急に不安に駆られたように心臓がバクバクと騒ぎ出す。落ち着け、と思うたびに考えは傾斜していって。どんどん強くなる不安だけが止まらなくなった。絶対にそんなわけがないと思うのに。

なぜか、ふいに心梨は。環が自分を揶揄かっているような気になっていた。

「…………………」

いつの間にか窓の外へ釘付けになっていた視線を、引き剥《は》がすようにして椅子へ座る。開いた本は、内容が頭に入らないまま意味もなくパラパラ捲《めく》っているだけだ。窓の外は、もう見ることができない。自分の知らない環を見ることが、怖くて。

泣いてしまいそうだなんて、自分でも可笑しいと思うのに不安は止まらないままだ。

「！」

唐突に響いた、ドアをノックする音に緊張する。もしかしたら、環が来たのかと思ったからだ。先生が寂しくないように、なんて冗談を言って。よく環は講習をサボって遊びに来ていた。だから心梨の不安を察知して、安心させるために来てくれたのかもしれないと思ったなんて。やっぱり都合がよすぎたのだろうか。

「はい」

緊張した心梨の声に、ドアから顔を覗かせたのは期待したのと違う人間だった。

「こんなところにいたんですか、小町」

捜しましたよ、なんて楽しげに入って来たのは古典の深草だったからだ。

「…………深草先生」

一気に解けた緊張に、心梨はグッタリしてしまう。都合のいい想像が、本当になるはずがないのだ。環は今、外でアルバムの撮影中なのだから。

「もしかして、お邪魔でしたか？」

開いていた本を指して、尋ねる深草に慌てて首を振る。

「いいえ、もう全然ヒマです」

ちょうど心梨も退屈していたところだ。それに、今は一人でいたくない気分でもある。そうでなければ、古典の授業が服を着て歩いている深草と一緒にはいないだろう。

「お構いなく、ちょっと小町に披露《ひろう》したいことがあって」

勧めたソファにも座らずに、深草はウキウキと自分の足元を指した。

「下駄《げた》？」

撮影用の仕立てのいい冬物のスーツに、足元だけ下駄を履いている深草に首を傾げたら。

「ノンノン、高下駄ですよ小町」

素早く心梨に小型のラジカセを渡して、

「高坏《たかつき》を夏休みの課題にしてるんです、ええ私自身の課題ですよ、もちろん」

深草は手にした扇子《せんす》をバッと広げるとポーズを取った。またもや理解できないミラクル古典ワールドに突入しそうな気配に心梨は気が遠くなりそうだ。

「では小町、音楽の準備はいいですね？」

この強引なまでの自己陶酔世界に、いつも巻きこまれてしまう自分が理解できない。

「ミュージック・スタート！」

理解できないまま、カセットのスイッチを押した心梨は。

「誰が呼んだか～桜～の名所～」

ハーァ、ポンポコポ！　という呑気な曲に合わせてタップダンスを始めた深草に開いた口が塞《ふさ》がらなくなってしまった。高下駄でタップ。信じられないことに異様に上手い。

「花に抱かれて～溺れ果てよ～と～」

しかも深草は、滑稽《こっけい》な表情をして懸命《けんめい》に演技している。美形なだけに、その哀れなまでの熱演ぶりが心梨を遠い気分にさせてしまうのかもしれない。顎が外れそうな光景だった。

「…………………」

どんどん白熱していく深草の舞と演技を、心梨は深い沈黙で耐え忍んでいる。もう何をどう言っても、曲が終わるまで彼のタップが止まらない予感がするからだ。

「どうです、小町？」

締め括《くく》りに丁寧にお辞儀をして感想を求めた深草に、

「いや、はぁ…………素晴らしかったです」

サッと視線を避けて賛辞《さんじ》を述べた心梨は社会人として立派すぎるほど立派だった。爪の先ほども呆れすぎて顎が外れたとは言わないからだ。

「よかった、では高坏も卒業式の演目《えんもく》に入れる、と」

嬉しそうに扇子を振りながら、メモに書きこむ深草は発表の舞台まで決めているらしい。

「まさか卒業式で踊るんですか⁉」

思わず驚愕《きょうがく》の境地《きょうち》で尋いてしまった心梨に、

「ええ、生徒たちの思い出作りにささやかな協力ですよ」

自分の趣味を披露するだけのくせに深草はもっともらしく頷いて見せる。

「…………思い出ですか」

けれどその、思い出作りという単語は心梨の胸を密《ひそ》かに痛ませた。なんとなく、それは環の行動を連想させて。聞きたくない言葉のように、いつまでも耳に残る気がした。

「桜の季節の踊りですからね、まさに卒業式にピッタリ、みんな感動の嵐ですよ」

伏せてしまった視線に気付かないのか、勝手に自分の世界に突入している深草に心梨は曖昧に頷いているだけだ。頷いているだけで、深草の言葉はまともに耳へ入ってこない。

「桜といえば、桜の君の例のアレ、校長から聞きましたよ」

大学受験ゴネてるそうですね、という台詞に心梨はハッとしたように顔を上げた。

「さ、桜大路のことですか？」

どこまで聞いたのだろうと気にかかる。自分の家で一緒に暮らしていることまで校長は話したのだろうか。教え子を教師の家に泊めているなんて、それだけでも本来なら問題なはずだった。しかも心梨は、その生徒である環と人に言えないようなただならない関係に陥っているのだ。もしも他人に知られたら、と思うだけで背筋が寒くなる思いだった。

「ええ、教師陣に絶大な不人気を誇《ほこ》る、あの有名な桜の君ですよ」

声を潜めるのは、深草も環を面白く思っていない証拠だろう。何かに付け、環は心梨の前でも深草に突っ掛かっていたから当然かもしれない。教師陣に不人気なのは確かだ。

「なんでも大学進学の説得役に彼は小町を指名したらしいですね」

気の毒そうに心梨を見る深草は、今日になるまで知らなかったのだと言う。心梨の家へ同居させているとは、さすがの校長も言えなかったようだ。

「なんだか急に大学に行かないとか言い出して、受験ノイローゼだろうって校長が」

とりあえずホッとして、心梨は肩の力を抜いた。受験問題なら話しても大丈夫そうだと思ったからだ。

「彼は小町に懸想《けそう》しているようですからね、困らせて気を引こうとしてるんですよ」

子供のやりそうなことだと肩を竦めた深草に、

「けそうってなんですか?」

純粋に意味がわからなくて聞き返した心梨は。

「小町娘に懸想しやぁがる、ってね」

そういう意味で惚れてるって意味ですよ、と軽く答えた深草に一瞬で顔を強張《こわば》らせた。

まさか深草が、環とのことを知っているとは思わなかったからだ。

「大丈夫、深く考えることはありませんよ、きっと新手の教師イビリです」

けれど予想に反して明るく言いきった深草に、真意を知りたくて見つめ返したら。

「授業妨害に失敗でもしたんでしょう、セクハラのつもりじゃないですか?」

サラリと言って、深草は気にかける必要はないと頷いて見せた。環からの過剰な好意は、男子校にありがちな嫌がらせの一種にすぎないと。

「セクハラって、でも俺……男ですよ」

言い返そうとする声に力が入らない。ついさっき、自分でも心梨は思っていたからだ。

もしかしたら、環に揶揄かわれているだけなのではないのかと。疑ってしまうほど、窓の外にいる環は別人みたいに見えた。

「ほら、男子校って閉鎖《へいさ》社会ですから」

女性の代わりのつもりじゃないですか、という悪気のない言葉に泣きたくなる。そんな風に言われれば、確かにそうとしか思えない状況に心梨はいるのだ。毎日、何から何まで環に世話を焼かれて。まるで女の子がされるみたいに可愛がられている。自覚はあるのだ。ただ、認めたくなかっただけで。心梨の可愛い奥さんだなんて、環は本当に思っているのだろうか。もしかしたら、そう思わせることで。都合よく心梨を言いなりにしているだけなのかもしれない。疑い出したらキリがない。そうわかっていて思考は止まらなくなる。環の気持ちを疑うための要因。それらはいくらでも思い出せるような気がするからだ。

「でも、本当に可愛い恋心だっていう可能性もあるかもしれませんけど」

ほんの少し含みを持たせた微笑みに、心梨は頭の芯《しん》が鈍く痛む気がした。可愛い恋心ではすまされない関係に、もう自分と環はとっくに陥っている。後戻りができない関係に、完全に陥ってしまったのはほんの何日か前のことだ。

「どっちみち卒業していく生徒ですから、我々には関係ありませんけどね」

言いきった深草に、心梨は身体中の力が抜けてしまう気がした。急に環のことがまるでわからなくなった気がして、自信を失くしてしまう。

「おや、桜の君に勇者が現れましたよ」

ふいに、窓の下へ視線を投げた深草に。釣《つ》られたように心梨は視線を動かした。

「可愛い子ですね、下級生かな」

微笑ましい口調で解説する深草に、見ているそれが環への告白場面だと気付く。心梨の視線の先で、可愛い男の子が差し出した手紙か何かを受け取った環は。

「どうやら彼は、桜の君の心を射止めたらしいですね」

中身をチラリと見て、途端に酷く幸せそうに微笑った。小さく彼の耳元で何か囁いて、環は嬉しそうに微笑って見せる。まるで、ありがとう、と言うみたいに。

それは、いつもの——心梨がよく知っている環の表情だった。

「…………」

見ているだけで目が痛む気がして心梨は視線を伏せてしまう。酷く頭を殴られたようなショックを感じるのは、そんな環が、自分だけの環だと無意識に思いこんでいたからだ。

「私も毎年この時期になると可愛い手紙をもらったり、告白されたり大変なもんですよ」

そんな心梨に気付かないまま、人気の証拠でしょうかね、なんて微笑う深草に。今にもみっともなく泣き出してしまいそうで、平気な表情をして立っているのが精一杯だった。

「もしかして、もう——桜の君に告白されました？」

ふいに囁かれた、秘密めいた声にビクリとして。心梨は必死な仕種で首を振ってしまう。そんなこと、されてないと言うみたいに。けれど本当は告白どころか、もう何度も身体を重ねていて。自分から環にキスをして、気持ちを伝えるような真似までしてしまっている。

もしかしたら、本当は深草の言うことが全部正しくて。

ただ環に、揶揄かわれているだけなのかもしれないのに。

「やっぱり生徒は生徒同士、教師は教師同士、仲良くですよね」

穏やかな声に、心梨は小さく頷いてしまう。本当に、そうだと思うからだ。さっき見た、男子生徒は心梨なんかよりよっぽど環にお似合いな気がした。いくら同じ男でも、七つも年上の男より、年下で可愛い男のほうが環もいいに決まっている。なのに、そう思うだけで泣いてしまいそうになるのは。

きっと、心梨が——環を好きになりすぎたせいだ。

「小町、私たちも先生同士これからはもっと仲良くなりませんか？」

囁く声に、曖昧に頷いて。心梨は、もう何もかもから逃げ出したい気分だった。だって深草は、心梨より教師の経験が長くて。生徒の複雑な心理をよく知っているように見えた。どんどん洗脳《せんのう》されていく感覚。環のことを、信じられなくなりそうだ。

「生徒なんて卒業すれば音信不通になるような輩《やから》と、仲良くなるだけムダってもんです」

卒業したら、それまでで。教師なんて、すぐに忘れ去られてしまうような存在だと。

「先生同士、仲良くしましょうよ——生徒たちが卒業してもずっと一緒だ」

囁かれた言葉は、細かい棘《とげ》のように胸に刺さって。いつまでも取れないような気がした。

その日、自宅へ続く最後の坂道を登る心梨の足は過去最高に重かった。傾きかけた夕陽が背中から追いかけてくるように、目の前を鮮明な赤で彩《いろど》っている。赤く染まった視界を振りきって、必死に地面を蹴るたびに心梨の足はどんどん重くなっていく。けれど本当に重いのは、坂を歩く足ではなく心梨の心なのかもしれない。坂の続きに建つ、あの家へ。永遠に帰りたくないような、気分になってしまうのは。

その家に、心梨の会いたくない誰かがいるからだ。

「…………」

急な坂の斜面を登るたびに、深草の言葉が鮮明に蘇《よみがえ》る。頭の芯へ響くみたいに、何度も何度もそれは心梨に強く訴えかけてくる。そしてその言葉は蘇るたびに、心梨の中で真実めいた重みを増していくのだ。まるで、もう知ってしまった事実のように。

「先生は先生同士、仲良くやりましょう、か」

深草の言ったことは、正しいことのように心梨には思えた。それが正しいかどうかは、自分自身を振り返ればすぐにわかることなのだ。小学校の、あるいは中学の担任。高校の時の先生。特に好きな先生ではなかったとしても、二十五歳になった今は名前を思い出すのが精一杯だ。どんなに親しくなったとしても、いつか環に忘れられてしまう気がした。きっと、卒業してしまえば会うこともない。努力して会おうと思わなければクラス担任でもない心梨は、もう二度と環に会えなくなるはずだからだ。

「……先生なんて、つまんない職業だな」

環だけが、特別だなんて心梨には思えなかった。同時に、揶揄かわれているのかもしれないという考えを消すこともできない。もし仮に環が本気だったとしても、心梨の気持ちは報《むく》われない気がした。心梨にも高校生だった時はあるし、誰だって夏は感傷めいた気分になるものだ。最後の思い出作りに、好きな教師に告白するなんて。たぶん日本中であることだろう。たまたま心梨たちは同性だったというだけで、他に何も変わることはない。そして、それは卒業までの短い思い出にすぎないのだ。たぶん、深草が言うには。

「…………………………」

考えれば考えるほど、その考えは当然のことのように心梨の中へ重く沈殿《ちんでん》していった。なのに頭に浮かぶのは環のことばかりだ。楽しかった花火の夜。環はバカみたいに笑って、何度も心梨に好きだと言った。ただの思い出作りにしては、心に残りすぎる甘い思い出。忘れてしまうには、環は優しすぎて。今さら全部、ただの思い出にするなんてできそうにない。けれど環が卒業して、取り残された時にどうしたらいいのかわからないから。

あのキスも――抱きしめられた温《ぬく》もりも。囁く吐息の熱ささえ、心梨は忘れなければならないのだ。その身体の重みを、まるで特別なもののように覚えている必要はなかった。きっと環は卒業すれば簡単に忘れてしまうのに。心梨だけが、いつまでも忘れられないなんて悲しすぎる。だから、今のうちに。自分からすべてをなかったことにしようと心梨は決心した。もしも環が本気だったら、なんて期待してはいけないと思うから。

「心梨」

その坂を登りきった途端に、空のほうから声が降ってくる。

「……………」

見上げた先で、環は悪戯っぽく微笑っていて。ぼんやり見つめたまま、心梨は朝と同じ笑顔を返すことができない。

「先生？」

答えないまま見つめている心梨に、環は不思議そうな表情をした。それはなぜかとても綺麗に映って、こんな時なのに心梨は見惚れてしまいそうになる。そのままじっと、何も言わないまま環を見つめて。時が止まったような錯覚《さっかく》に、攫われそうになった時。

永遠のような瞬間は、突然の激しい夕立に掻き消されてしまった。

スコールみたいな雨にやられて、ずぶ濡れになった心梨を。すぐに大きなバスタオルで迎えてくれた環は、何か言いたいような表情をして、けれど何も言わなかった。

いつもの、当然みたいな仕種でバスルームへ追いやられた心梨は熱いシャワーに打たれながら、環に言うための言葉を捜して。やっぱり何も見つからないまま、リビングへ戻ることになった。本当は、別れるための言葉なんて心梨は何一つ言いたくないからだ。

「先生、髪が濡れたままだよ?」

タオルを持った優しい指が、心梨の髪へ触れてくる。そっと抱きしめてくる仕種に目を閉じて、されるまま甘やかされる感覚に少しだけ酔ってしまう。きっともう、これが最後だと思うから。心梨はできるだけたくさん、環に触れていたかったのかもしれない。

「先生、元気ないね……学校で何かあった?」

囁く声が心配げに耳に響く。けれど心梨は答えられない。何もなかったといえばないし、あったといえばありすぎるほどあったからだ。

「さっきから先生、少しヘンだよ」

呟いたのは、ほんの少し不安そうな声。それが本物なのかどうか心梨にはわからない。

「先生……？」

やっぱり何も言えないまま、そっと押し返した心梨に。環が怪訝そうな、不安そうな瞳で見つめてくる。けれどそれに答えることも、こんな風にそばにいることもできない。

これ以上このままでいたら、泣いてしまいそうで。心梨はメチャクチャだったからだ。

「もう自分の家に帰ったほうがいい」

けれど呟くように言った声は、自分でも不思議に思うほど冷静で堅い声だった。そんな自分に心梨は内心で驚く。そんな声が出せるとは思っていなかったからだ。自分で思っている以上に心梨は大人なのかもしれない。でなければ、感情が切れてしまったのだろう。感情と態度が一致しない、バラバラになっているような感覚に目眩がしそうだ。

「………どういうこと？」

ふいに堅くなった環の声に、心梨はリビングの床を見つめたまま顔を上げることができない。今にも動揺してしまいそうで、環の顔を見るのが怖かった。

「だから――出て行けって、ことだ」

「冗談、ですよね？」

床の規則的な模様を眺めながら、上手く言えたかどうか考える。

一瞬だけ震えた環の声に、心梨のそれは上手くいったのだと知る。その声は、やり場のない感情に揺れていたからだ。

「冗談じゃない、出て行って欲しい」

激しい内面の感情と裏腹に、心梨は淡々《たんたん》と言葉を紡《つむ》いでいく。こんな才能があるなんて知らなかった。思ってもいないことを言うことにかけて、今の心梨は日本一だ。

「どうしてですか、そんなの僕は納得しない」

絶対に嫌だ、という環と。

「もういいだろ、夏の思い出作りはおしまいだ」

吐き捨てるように言う自分の、二人をとても上手く傷付けることに成功している。

「思い出作りって、……なんですかそれ」

深く傷付いた分だけ、環が怒ったのがわかって胸が痛くなった。

「ガキの思い出作りに協力する気はないって、言って……！」

けれど冷たく投げた声は、壁へ押し付けられた衝撃に途中で途切れてしまう。

「先生、今の言葉——訂正してください」

顎を掴む容赦《ようしゃ》のない指に、足が震えそうになりながら。

「放せ、おまえに触られたくない」

負けないように睨み返して、吐き捨てるように言った心梨の言葉は。

「今すぐ訂正したほうがいいよ、先生のために言ってるんだ」

なかったかのように無視されて、代わりに環の目に物騒《ぶっそう》な色を浮かばせた。

「訂正なん、か………しない」

声が苦しくなるのは、壁に押し付けられる力が強くなったせいだ。

「いいよ、じゃあ訂正させてあげるから」

ふいに奪われた眼鏡は、

「環！」

そのまま勢いよく叩き付けられた床に鈍い音を立てて割れてしまった。

「僕を追い出して、何もなかったことにしようとしても無駄だってわからないの？」

ゆっくりと囁く乾《かわ》いた声に、初めて感じるような恐怖を感じて。心梨は閉じそうな瞼を懸命に開く。きっと目を閉じたら最後だ。環の空気に呑まれてしまうと心梨は思った。

「自分がどんな身体になってるのか、先生はじっくり考えたほうがいい」

けれどその声が、見せ付けるように熱く昂った自身の欲望を押し付けてきた時。

「もう、一人で暮らせる身体じゃないって――――教えてあげるよ」

叫びそうな恐怖と胸の痛みに。心梨はそれ以上、目を開けていることができなくなった。

引き摺《ず》るようにして連れて行かれた、ベッドルームで。心梨はメチャクチャな仕種で服を剥ぎ取られて、素っ裸のままベッドへ乱暴に投げ出された。

「環っ！」

本能的な恐怖に、逃げようとして叶わない。俯《うつぶ》せに身体を倒されて、後ろから大きく足を開かれると身動きが取れなくなる。もがいても、足を押さえ付ける腕が強すぎて心梨は少しも身体を隠すことができない。

「いい格好だね先生、まるで誘ってるみたいだよ」

俯せた身体とベッドの間へ強引に押し入れられた枕に、腰だけを浮かせて環へ差し出すような格好を強《し》いられて。その格好と、強制される屈辱にカッと身体が熱くなった。

「やめろっ、放せよ環っ！」

開いた身体の奥を、観察するように眺める環の視線に身体が竦みそうになる。

「じっとしてないとケガさせるかもしれない、大人しくしてたほうが利口ですよ」

本気で怒っている時の、感情のない声に背中が恐怖で震えそうになるのは。強引だった初めての時でさえ、こんな風に乱暴には扱われなかったからかもしれない。

「！」

いきなり濡れた感触に奥まった部分を触れられて息を呑む。ヌルヌルする感触は、環の指に塗られたゼリーのせいだとわかって涙が滲んだ。環が本気だとわかったからだ。

「……………っ」

愛撫もないまま身体を開こうとする性急さに胸を騒《さわ》がせて、けれどみっともなく泣いてしまうわけにはいかないと思うから、心梨は声を噛んでシーツへ顔を強く押し付けているしかない気がした。

ただ、じっと――――環が許してくれるのを待つみたいに。

「いつもみたいに痛い痛いって泣いてみなよ、そのほうが可愛くて興奮するからさ」

なんの労りもない仕種で、いきなり突き入れられた指に悲鳴が漏れそうになる。必死に声を殺すのは、きっと惨めになりたくないからだ。

「可愛くないね、まだ先生ぶってんの？」

残酷な声と、容赦のない指に何度も首を振って。やめろと言うための声さえ、心梨には出せなくなった。

「だったら僕も先生ごっこに付き合ってあげましょうか？」

断りもなく忍びこんで来た指が、増えたからだ。

「ほら、逃げようとしても無駄なんだから楽しみましょうよ」

酷薄《こくはく》な笑みに、その部分を濡らす卑猥な音が重なる。逃げようとズリ上がった身体は、ベッドボードに阻《はば》まれて少しも動けない。そのまま、後ろへ下がることも横へ逃げることもできずに。心梨はただ、環の指を受け入れているしかないことを知る。

「そんなに怯《おび》えなくても大丈夫ですよ」

ケガさせる気はないから、という声に。けれど感情がないからよけいに怖くなった。

「………っ」

ふいに強く腰を掴んでいた手が離れて、環が少し離れた感覚にもう許してくれるのかと安心したみたいに心梨は大きく息を吐いてしまう。

「先生の大好きなアレ、すぐに入れてあげますからね」

けれど背中で響いたジーンズのジッパーを下ろす音に、ビクリと恐怖で身体が竦んだ。

「環…っ」

縋るような気持ちで後ろを振り返る。逃げようとすることさえ、もう考えられない。

「そんなに心配しなくても、もう大きくなってますよ」

ニコリともせずに真っ直ぐ心梨を見つめたまま、淡々と話す環が何よりも怖くて。

「これも、早く先生が欲しいって」

寛げた部分から取り出した自身へゼリーを塗りこめていく指に喉が恐怖で凍り付いた。

「い、や…ア…ッ！」

グッといきなり、その濡れた先端を押し当てられて悲鳴めいた声が漏れる。環は構わずに指先で開かせた部分へ自身を埋めていくだけだ。ゆっくりと、慎重すぎる仕種は心梨を労るためのものなのか恐怖を煽るためなのか判断が付かない。

「ッ！」

深く、根元まで埋められた感覚。ぶつかった環の腰骨の感触に、心梨はそれを知る。

「狭いね………すごく、いいよ」

ため息のような声。酷いことをされているのに、それが環だと思っただけで。

「……っ」

なぜか、心梨は酷く感じてしまった。急に身体が熱くなって、埋めこまれた環の熱さに引き摺られるみたいに強く締め付けてしまうのだ。

「どうしたの、急に可愛くなっちゃって」

呆れたような、揶揄かう声。それを知られてしまう恥ずかしさに、涙が零れた。こんなにされても感じるなんて、自分でも信じられない。やめて欲しいと思うのは本心なのに。

「く……っ」

なのになぜか、もっと――と心梨は思ってしまうのだ。まるで身体中が環を欲しがっているみたいに、甘く疼いて止まらなくなる。

「先生、やっぱりもう諦めなよ」

煽るようにゆっくりと腰を使い始めた環に、我慢していた声が零れてしまいそうで。

「僕がいないと、ここ……こんな風にしてもらえないよ？」

必死に声を噛んでも、繋《つな》がった部分の淫らさに心梨は快感を隠しておくことができない。

「それでもいいの？」

もう眠れなくなるよ、という意地悪な声に。教えるように深く出し入れされるたびに、身体の奥から環の言いなりになってしまいそうでたまらなくなった。

「先生、指は痛いって泣いちゃうのに」

こんな風に、無理やりに身体を繋がれて。これは強姦だと、ちゃんとわかっているのに。少しも無理やりじゃないような、そんな錯覚に陥るのは環のせいだ。

「これ、入れてあげなきゃイケないでしょう？」

卑猥な言葉で罵《のの》しられて、なのに与えられる刺激が甘すぎて苦しくなる。環が狡いと思うのは、こんな時だ。酷いことをしているくせに、最後まで本当には手酷くしてしまわない。

心梨を無視して自分の快感だけを追えば、ちゃんとした強姦になるのに。

「気持ちいいこと、いっぱいしてあげる」

環はそうしてしまおうとしないまま。

「先生が好きなこと、いくらでもしてあげるから」

だから一緒にいさせてよ、なんて。心梨に縋るみたいに言うのだ。そんな環はまるで、いつもと同じ気がして心梨は混乱してしまう。同時に、これで最後にしようと思ったはずの決意さえ崩れてしまいそうで。

このまま――――永遠に環に流されてもいいような気になった。

「先生のここ、僕じゃなきゃダメだって言ってるよ」

囁く声と、深く押し入る環の熱さに。

「環、………いや、だ」

酷く感じて、このまま言いなりになってしまいたいような自分を心梨は必死に堪える。

「なにが、いやなんですか………?」

追い詰めるように、深く埋めたまま細かく揺らす仕種に声が零れるのを我慢できない。

直接的な振動に、感じる部分だけを刺激されて切羽詰まった衝動を感じるからだ。

「言ってよ、なんでもするから」

無意識に強く締め付けた仕種に、環が酷く興奮したのがわかって背骨が甘く震える。

「ん、…っ」

身体の奥で大きくなった感覚と、増した重みに快感が押し上げられて目眩がしそうだ。

「思い出になんか、したくない」

囁く声と、揺さぶられる感覚に首を振って嫌がる。我慢できなくなりそうで怖いからだ。

「ダ、メ……っ…」

与えられるそれは、たぶん何もかも心梨の欲しかったもので。けれど胸の不安を消してしまうには、何もかもが足りなさすぎた。それが何かは心梨にはわからなかったけれど。

わからないから、やっぱりもう環とは一緒にいられないとも思うのだ。

「ダメだなんて言わせない、だってもう………先生は僕のものだ」

昂る感情のまま、激しくなった動きに結合が深くなる。弱い部分ばかり攻めたてられて、気が遠くなりそうな快感に身体が何度も震えた。

「どんなに先生が泣いても――――思い出になんか、絶対にさせない」

本気めいた声に追い詰められるまま、もう何も考えられなくなったみたいに目を閉じて。

「たま、き………っ!」

溢れそうな瞬間、無意識に心梨が叫んだのは。忘れるはずの、大切な名前だけだった。

結局、環は一度も謝らなかった。その数さえわからなくなるくらい、何度も激しく環は心梨を奪って。気を失うまで、心梨を酷く泣かせたのに。

絶対に自分は悪くないと言うみたいに、やっぱり環は一度も謝らなかった。こんな風に、一方的に終わりにされたくないと強情な子供みたいに環は言い張ったのだ。けれど理由を上手く言う自信も、話し合う勇気も心梨にはなくて。何をどう言っても惨めになるだけのような気がするから、結局は何も言えなかった。もしかしたら臆病な分だけ心梨のほうが卑怯だったのかもしれない。

何も言わないまま――環を追い出してしまうなんて。

「…………」

そうっと見つからないようにカーテンの陰に隠れながら、心梨はマンションの窓の外を見る。小さな明かりが灯《とも》るテントは、環が急きょ作った家出先だ。そのテントが、心梨のマンションの前に建てられたことを知ったのは環を追い出した日の夜のことだった。

唐突に心梨の家のチャイムは鳴って。ずっと泣いていた心梨は、泣いた顔と壊れた眼鏡に玄関へ出られないと無視していた。なのに何度も何度も、しつこくチャイムは鳴るから。まるで心梨が出るまで鳴らし続けるような音に、乱暴に涙を拭いて。

頼りない視界のまま、心梨は仕方なく玄関のドアを開いたのだ。酷く悲しい気持ちで。

『今度、下へ引っ越してきた桜大路です』

けれど玄関の先で、心梨が見つけたのは追い出したはずの環だった。

『ちゃんと先生が話してくれるまで、引っ越さないつもりだから』

そう言った時、見つめたまま逸らさなかった瞳を心梨は覚えている。その視線の強さに、言い返すことができなくて。気が付いたら、あれからもう一週間も経《た》ってしまっていた。

時間が経てば経つほど、自分でも言いたいことがわからなくなって。もう今では心梨から環に話しかけるなんて厚かましいような気さえしていた。自分勝手だと思うからだ。

『先生――ずっと泣いてたの？』

環のほうが泣いてしまいそうな表情をして、見つめてきた瞳を心梨は忘れられない。

『でも、謝ってあげられないよ……謝ったら終わりにされると思うから』

切なく感じる気持ちが辛くて、逃げるようにドアを閉める仕種が乱暴になったことも。そんな心梨を、環はどう思っただろう。大人のくせにと呆れただろうか。それとも、もう嫌いになっただろうか。何度も何度も考えて、けれどやっぱり心梨は動けないままだった。

こんな風に、ひとりぼっちの部屋で。隠れるみたいに心梨がテントを眺めているなんて、きっと環は想像もしていないのに。心梨は窓のそばから離れられないままだ。

「…………」

今は真夏で、環のテントはアスファルトの上に建っている。きっと昼間は地獄のように暑くて、夜になった今も気温は簡単には下がらないだろう。もしかしたら虫とか変な動物だっているかもしれない。ホームレスに間違われて警察に突き出されることだって、ないとは限らない。そんなところに、環を追いやったのだと思うと心梨は胸が痛くなった。

いつだって環は完璧だった。クラスメイトたちが信者みたいに慕《した》って、カリスマなんて呼ばれるような男なのに。今はあんな、ちっぽけなテントで暮らしているのだ。もう一度ちゃんと心梨と話をしたいから、なんてバカみたいな理由で。

「……………環のくせに」

涙が零れそうになるのは、自分のほうがバカだからかもしれない。考えても仕方のないような、色んなことを。ずっと一緒にいた時よりも、離れてしまった今のほうがたくさん心梨は考えてしまっている。だから、きっと一人で眠れなくなると環が言ったことは本当だったのだ。眠れないのは一人で眠るのが寂しいからじゃなくて。

そばにいないのが、環だから――――眠れない気がした。

この一週間、心梨はずっと考えていて。環のことや、将来。それから、自分の気持ちを。たくさん考えて、考えすぎたのか答えは見つからないまま元に戻っていた。

きっと環のためを思うなら、このままじっと卒業して他人になる日を待つべきなのだ。そしてそれをするのは、大人の役割だろう。七歳も年上の男に、いつまでも付き合わせるわけにはいかない。環の人生を、心梨がメチャクチャにするわけにはいかないからだ。

「…………」

けれど、本当にこれでいいのだろうかという考えも捨てきれない。環を傷付けて、自分自身も傷付いて。得られるのは、ごく普通の、という単語で飾られる生活だけだ。本当にそれが環のためになることなのかさえ、心梨にはわからなくなっていた。あの夜から一度も口を利いていないのに、環はまだ小さなテントで頑張っていて。心梨の顔を見るたびに、ちゃんと話し合おうと環は言うのだ。こんなままで終わりたくないと必死に縋るみたいに。

そんな時の、真剣な声を聞くたびに心梨は泣きたくなった。心梨にわかっているのは、もう元には戻れないということだけで。だからといって環を忘れて、何もなかった頃には戻れるはずもない。環のことを考えるだけで、わけもなく泣きたくなるから。

忘れることもできないまま、環を避けるように心梨は今日まで来てしまっていた。

「！」

ふいに鳴った、授業の終わりを告げるチャイムに心梨はハッとしたように考えを止める。

今は仕事中なのだ。いくら夏休み中でも、学校で環のことばかり考えていられない。

無理に意識を戻したはずの模擬《もぎ》テストに、見慣れた文字を見つけて心梨は目を見瞠《みは》った。

それが、ずっと意識を占拠《せんきょ》していた環の答案だったからだ。

「……………」

久しぶりに見るような、環の答案。いつも見るたびに、それは心梨をワクワクさせる。

完璧で簡潔で、誰よりもエレガントな環の解答。想像するだけでドキドキしてしまう。

「？」

けれど期待して視線を落としたそこに、正しい解答どころか解答欄が一つも埋められていないことに気付いて心梨の表情は険《けわ》しくなった。今まで一度も、環が白紙で答案を提出したことはない。なのに、目の前にあるそれは完璧なまでの白紙答案だったからだ。

「……あいつ、なに考えてんだ」

このテストは、きっと環には簡単すぎるような問題ばかりのはずだった。なのに環は、解答を一つも書かずに大きく空けられた余白へ反対に問題を書きこんでいるのだ。きっとこれを採点する、心梨だけのために。

「ウェーバーの法則？」

投げられた問題の意味がわからなくて、心梨は首を傾げてしまう。それが普通の数字で書かれた問題か、ただの文章問題なら心梨にもすぐに意味がわかっただろう。けれど環の出した問題は、数字でも文章でもなかった。

『Y＝先生、X＝好きの時、僕は好き＝ｌｏｇα先生、つまり先生＝αの好き乗だ』

素っ気ないくらい簡潔な問題。環はこれを、どんな表情をして書いたのだろう。意味を悟るまでに心梨は酷く悩んでしまった。文章では意味がわからなくても、グラフにすればすぐにわかるそれ。ゆっくりと穏やかに上昇していくのではなく、急上昇し続けるグラフ。環の心梨に対する気持ちは、際限なく好きが急加速していくまま終わらないというのだ。

「卒業したら、俺のことなんか忘れるくせに」

泣き笑いみたいに、心梨は微笑った。昇り続けるグラフの急カーブ。永遠に昇った先に、何があるのかなんて神様にだってわからないけれど。もしも心梨がその先を見たいなら。

「生意気だ、生徒のくせに——俺に答えを教えるなんて」

ほんの一言、好きだと告げる勇気があれば。それだけで、きっと充分なはずだった。

いつもと同じ、学校からの帰り道。両手に抱えきれないほど荷物を抱えて心梨は必死に走っていた。傾きかけた夕陽は、勇気を投げかけるように心梨を赤く照らしている。坂道に反射する夕陽は眩しいくらいで。落ちてくる汗に、けれど心梨は立ち止まらない。

その坂の向こうに——心梨の、会いたい誰かがいるからだ。

「…………っ」

長い坂道に差しかかった途端、息が切れて苦しくなる。まるで心梨の勇気を試すように、やっぱり坂は今日も険しいままだ。

「くそ…っ」

負けないように、懸命に足を踏みこむ。上がる息に心臓がバクバクして、揺れる視界に夕陽の赤が乱反射している。坂を駆け登る足が、慣れない運動に萎えてしまいそうになりながら。急な斜面に、もう足は縺《もつ》れそうなくらい疲れていて。今すぐ、しゃがみこみたいような誘惑に何度も駆られる。それでも心梨は、頑なに歩かないまま走り続けるのだ。

まるで、そうしないと大切な勇気が消えてしまうみたいに。

「…う、……っ」

歯を食いしばって、必死に坂を登る。ここへ越して来てから、こんなに必死に走ったのは初めてかもしれない。面倒な坂だと忌ま忌ましく思いながら歩いていただけで。こんなに強く何かを願いながら駆け登るのは、たぶんこれが心梨にとって最初で最後だろう。

「！」

ほんの少し見えた、坂の向こう。そこに、見慣れた広い背中を見つけて。心梨は必死に足を動かしながら懸命に声を振り絞った。

「…………まきっ」

小さな、掠れた声に背中は振り向いて。その驚いたような横顔を見つけた途端、心梨は持っていた荷物を捨てて足が千切れそうなほど必死に走る。

「環！」

その名前の持ち主に、伝えたいことがたくさんあるから。走るのさえ、もう辛くない。

「――――――先生？」

信じられないみたいに見つめてくる瞳。けれど抱きしめてしまうには、まだ距離がありすぎて。やっぱり心梨は必死に走るしかないのだ。伝えたい気持ちと同じくらい、懸命に。

「た、まき……っ」

当たり前のように自分へ向かって広げられた腕に、涙が湧《わ》いてきて。

「心梨」

焦れたように名前を呼ぶ声が、耳に触れた途端。心梨は、ここが外だとか。人目だとか
先生と生徒だとか。男同士だとか——七歳も年下だとか。

ずっと拘《こだわ》っていたはずの、色んなことを忘れてしまった。

「…………！」

抱きしめた腕に、掴まる瞬間。ふいに感じた環の香りに目眩がする。込み上げる安堵と、
同じくらい強く感じる不安。けれども、怖くない。

それは誰かを好きでいる時に、誰もが感じる不安だと心梨にもわかったからだ。

「先生？」

心配そうな声に、メチャクチャになった心臓と涙に心梨は答えられない。何から話せば
いいのかわからなくて、足がガクガクしてて。

「は、走った…の、失敗…だった…っ」

しゃくり上げた心梨は、混乱したみたいに支離滅裂だった。

「大丈夫だから、落ち着いて、ね？」

あやすみたいに背中を撫ぜられて、よけいに涙が止まらなくなる。勝手に怒り出して、

追い出すようなことをして。たくさん傷付けた心梨に、それでも環は優しいからだ。

「ふ、深草、先生が…っ」

嗚咽みたいな声で、思い付くまま始めからちゃんと話そうとしたら。

「あいつに何かされたの!?」

急に怒ったみたいに腕を掴まれて、心梨はビクリと身体を竦ませてしまった。また環を怒らせてしまったのかと思ったからだ。

「違う、そうじゃないよ、先生に怒ったんじゃないからね？」

ごめんね、なんて言われて何度も首を振る。悪いのは自分のほうだと言いたくて。

「俺、ごめ……たまき、ごめん」

一生懸命言った言葉。けれど、本当に伝えたいのは謝るための言葉じゃない。

「先生――謝るのは、僕のほうだよ」

なのに環は、後悔でいっぱいの表情をして言うのだ。

「酷いことして、ごめんなさい」

もうしないから、許して欲しいなんて何度も。

「違う、悪いの、俺だから…っ」

だから心梨は本当に悪いのは自分で、環は何も悪くないと言ったのに。

「先生は悪くない、悪いのは僕だけだよ」

環が言い返すから、違うと心梨もムキになって言い返してしまう。

「違う！　俺が悪いって、言ってるだろ！」

二人して、謝る声が必死になるから。まるで言い合いみたいになってしまって。

「だったら先生の何が悪いって言うんですか!?」

怒鳴るみたいに、環の声が強くなった瞬間。

「俺がおまえを好きになっちゃったからだ！」

心梨は、環の頬をギューっと引っ張って。無意識にそう、叫んでしまった。

「……それ、本当？」

頬っぺたを引っ張られるまま、信じられないみたいに環が見つめてくる。心梨は心梨で、心の準備もないまま叫んだ自分にポカンとしてしまっていた。

「先生、今の――本当に？」

ギューっと頬の伸びた、間抜けな顔で。それでも真剣に尋いてくる環に、まだポカンとしていた心梨は。ハッとしたように手を離すと、考えるように環を見て。

「…………うん」

小さく頷いた途端、一瞬で真っ赤になった。まるで、自分でも信じられないみたいに。

「先生……」

呟いたきり、環は呆然とした表情で心梨を見つめているだけだ。現実感が湧かないのか、環はまだ信じられないような表情をしている。反対に、答えない環に心梨は急に気持ちが沈んでしまう。ふいに目に入った、キチンと閉じて片付けられたテントに環の答えを見つけたような気がしたからだ。環はもう、テントを出ようとしていたのだろう。

「め、迷惑ならやめる――もう、やめる」

急に湧き上がってきた涙に、逃げ出したくなって。

「迷惑じゃありませんッ!」

その肩を押し返そうとしたら、反対に強く抱きしめられて胸が苦しくなる。

「……迷惑なわけ、ないよ」

そっと、その背中を抱きしめたら。なぜだかもっと涙が止まらなくなる気がした。

「こんなに先生が好きでたまらないのに、迷惑なんて思えるわけがない」

掠れがちに囁く声が、震えていて。本物の環だ、なんて意味もなく思った。

「本当は今夜――もう一度、先生の押しかけ女房になろうと思ってたんだ」

そんな必要なかったね、なんて悪戯っぽく秘密を囁く声に涙がたくさん零れてくるから。

「卒、業しても……ずっとだからな?」

まるで文句を言うみたいに言って、心梨はギュっとしがみつくみたいに環を抱きしめてしまう。ドキドキしていることを隠すために、うんと強く。

「卒業しても、ずっとだ」

ずっとずっと好きだ、なんて。心梨の欲しい言葉がわかるみたいに、環は何度も言う。

「嘘吐いたら、化けて祟《たた》ってやるんだからな…っ？」

しがみつく腕に、あやすように身体を揺らされて。

「オバケでもいいよ——そばにいてくれるなら」

囁く声に、洗脳されるみたいに安心していく自分を感じる。

「オバケなんて非科学的なこと言うなよ、環のくせに」

自分から言い出したくせに、生意気な子供みたいに憎まれ口を叩いたら。

「先生、それじゃジャイアンだよ」

環が幸せそうに微笑うから、心梨も泣き笑いみたいに微笑ってしまった。

「ずっと、一緒にいようよ」

耳へ落ちてきた真剣な囁きに、何度も頷いて。

「来年も、再来年も——死んでも、永遠に僕のそばにいて」

約束する言葉に、心梨はそっと唇へキスを届けた。一つしかない、答えの代わりに。

坂の頂上で我に返った心梨は、もう恥ずかしくて死にたい気分だった。

「大丈夫、そんなに気にしなくても誰も見てませんでしたよ」

人目もはばからずに、天下の公道で。男同士で抱き合って、告白大会まで開いた上に。こともあろうにキスまでしてしまったのだ。しかも、自分から。これで死にたくなかったら、きっと正気の心梨ではないだろう。恥の上塗りフルコース一生分である。

「見てたっ、見てた見てたっ！」

マンションへ駆けこむ寸前に、呆然とした管理人さんの死んだような目と視線が合った気がすると主張する心梨に。

「じゃあ引っ越しましょうか、もっと広くて二人でイチャイチャできるようなとこに」

名案だと頬へキスしてくる環は、まるで気にした様子がない。きっと性格の違いだろう。

「環っ」

クワッと牙《きば》を剥《む》いた心梨が、真っ赤になるのには理由がある。

「はい、心梨先生」

にっこりと笑う環がすでに全裸で。

「どど、どこまで付いてくる気だっ!?」

自分もすっかり素っ裸だという基本的な事実に気付いたからだ。

「嫌だなぁ、もう忘れちゃったんですか？」

もちろん墓場までですよ、なんて言う環は間違っている。

「ここは風呂場だ！」

正確には一人で入るだけでもギューギューのユニットバスにいるからだ。

「うん、やっぱりここじゃ落ち着いてできないから早く引っ越しましょうね」

うっとりと抱きしめてくる環は、しかもすでに手に負えない状態になっている。

「たた環っ、絶対ダメだぞ!?」

具体的にどの辺りが手に負えなくなっているかは、密着した心梨だけの秘密だ。

「立ったままじゃ、いや？」

もう全員起立してるんですけど、なんて嬉しそうに環は起立した部分を押し付けてくる。

「礼させてやろうか!?」

真っ赤になって逃げようとする心梨を、追い詰めるようにバスルームの壁へ押し付けて。

「礼より着席させて欲しいんですけど――先生の中に」

早く着席させろと耳元で囁く環は、もう有頂天だ。すでに浮かれ方が尋常《じんじょう》じゃない。

「環…っ」

卑猥な声と、その仕種に心梨は半泣きになってしまう。こんなところで、そんなこと。できるはずがないと思うからだ。

「ね、ちゃんと濡らすから………させて」

耳を噛まれて、快感よりも恐怖にビクリと身体が震える。無理やりにされた時のことを、無意識に心梨は思い出してしまうからだ。

「……環」

小さく首を振って、懇願するみたいに環を見たら。

「ごめん、もうしない」

環は軽く身体を離して、心梨の髪にそっと唇付《くちづ》けた。

「しません、本当にしないから――泣かないで」

困っているような、ぎこちないキスが環らしくなくて。まるで悪いことをしてしまった時のような気まずさに、心梨はドキドキしてしまった。

「怒ったのか……？」

不安になりそうな予感に、声がみっともなく掠れて震えそうになったけれど。

「怒ってないよ」

すぐに返ってきた声が、苦笑して響くから涙が零れた。少し心梨は情緒不安定になっているのかもしれない。色んなことが一度に起こりすぎて整理できていないせいだ。

「先生？　本当に怒ったりしてないよ？」

ほんのついさっき、環に好きだと伝えたばかりで。とりとめのない、漠然とした不安が行ったり来たりして心梨を困らせようとしているみたいだ。

「………す、するっ？」

ふいにシャワーの音が強くなった気がして、思いきって言ってみる。仲直りしたばかりなのに、また喧嘩になってしまうのが嫌だったから環を喜ばせようと思ったのだ。

「しないよ」

環は微笑って、小さなキスをくれた。そんな心梨を、バカだというみたいに。

「先生が好きだから、我慢する」

嫌な時は、嫌だって言っていいよ。そう言って、あやすみたいに抱きしめてくれるのだ。

「だってそうしないと、先生に嫌われちゃいそうだから」

これからは我慢を覚えると冗談みたいに囁く環に、心梨は胸がいっぱいになった。

「いっぱい、色んなこと話し合おうよ――ずっと一緒にいられるように」

約束めいた言葉は、安心するために不可欠なのかもしれない。黙ってキスをするだけで、すべてが伝えられるわけじゃないからだ。

「……環」

うっとりするような幸福感。約束は、微かな束縛と同時に心梨に目の眩《くら》むような安堵を与える。このまま、永遠に縛られていたいような誘惑に駆られるのは。

「先生はずっと我儘でいていいよ、僕のダーリンは横暴《おうぼう》な亭主関白なんだから」

それを囁くのが、たった一人の大切な環だからだ。きっと環でなければ、心梨は束縛を幸せだと感じることはできない。環だから、という言葉は心梨を酷く幸せにさせるからだ。

「ずっと、先生のハニーでいさせてね」

冗談みたいにキスを盗む環は、とても貞淑《ていしゅく》な妻とは呼べないけれど。

「俺に黙って実家に帰ったりしたら、連れ戻すからな」

横暴なダーリンでいいなら、心梨にもなれるかもしれないと思うのだ。

「先生が望むなら――世界一可愛い奥さんになる自信はあるよ」

任せて、なんて言う声に。本当に、何もかも任せてしまいたくなるから。立派な旦那様とは呼べなくても、環の旦那様には充分だろう。

「環……」

ほんの少し伸び上がって、心梨は可愛い奥さんにキスをする。

「ダーリン、大好き」

すぐに微笑って応えてくれる唇は、旦那様の望みにだけ従順だ。

「俺も…ってダーリンは言ってくれないの？」

揶揄かう声に、悔しまぎれのキスをしたら。キスは心梨が瞬きをする前に深くなった。

そっと、寂しかった気持ちを埋めるみたいに深く。環のキスは優しくて、切ないくらいだ。

「…………たまき」

まだ心梨には、環に言っていないことがたくさんある。深草に言われたことや、心梨が考えたこと。ウェーバーの法則のことや、知らない環を見た時のこと。

「あとで、一緒に花火しよう」

さっき買った、両手いっぱいの花火。環のテントを見てたこと。あの坂道を一生懸命に走ったことや、夕陽の赤が綺麗だったことも。全部、環に話そうと思っていたけれど。

「こんな夜に出かけちゃうの？」

拗ねたような声に、やっぱり微笑ってしまうから。話したかったことを、全部。

「その前に――――もっとたくさん、キスしよう？」

忘れてしまうくらい、心梨はキスに夢中になってしまった。

懐中電灯の明かりを頼りに、そっと足音を忍ばせながら歩いているのは夜の第二校舎で。

こっそり忍びこんだ二人が目指すのは、誰もいない立入り禁止の屋上だ。

「なんで花火するのに学校なんだ!?」

声を潜めて、場所に文句を付けるのは花火の発案者で。

「どうしてこんな夜に花火なんですか!?」

同じように小声で文句を言うのは、屋上よりもベッドを目指したい奥さん気取りの男だ。

「普通なら盛り上がった恋人同士が目指すのは魅惑のベッドですよ」

キスだけで脱出してしまったバスルームから、延々と目的地の変更を望んでいる声に。

「普通じゃないから、おまえと一緒にいてやってるんだろ」

真っ赤になって抗議する心梨は、まるで説得力がない。

「痛いところを突きますね、さすが僕のダーリンだ」

楽しそうに小さなキスを盗みにくる唇を、避けることもしないからだ。

「見栄《みえ》でいいから普通だって言い張れよ、とりあえずさ」

文句を言う心梨の横顔は、照れに染まっていて。キスを嫌がる素振りもできないでいる。

「普通なわけないよ、僕と先生は特別で最高なんだから」

辿り着いた階段の踊り場で、幸せそうに何度も触れるだけのキスをしてしまう。そんなキスばかりしているから、屋上までの階段は酷く時間がかかってしまったのかもしれない。

「何が特別で最高だ、環のくせに」

憎まれ口を叩く心梨に、悪戯っぽく微笑うと。

「特別で最高なのは、僕の可愛いダーリンだよ」

ジーンズから取り出した鍵を、環は迷いもせずに屋上へ続く扉に差しこんだ。カチリと硬質な音がして、その扉が呆気ないほど簡単に開いたことを心梨は知る。

「なんで立ち入り禁止のドアが簡単に開くんだ？」

開かれたドアに、首を傾げたら。

「それは企業秘密です」

環は謎めいた笑みを浮かべると、

「ようこそ、我が校の誇る自慢の屋上へ」

開かれたドアへ心梨を促すみたいに芝居《しばい》がかった仕種でお辞儀をした。

「どの辺が自慢なんだ？」

照れてしまいそうな気障《きざ》な仕種に、促されるまま屋上へ一歩を踏み出して。吹き付ける風の心地好さに心梨は大きく深呼吸をする。

「やっぱり自殺者の多さかな」

名門ですから、なんて冗談めかした環に笑ってしまいながら。

「すごい――満月だ」

振り仰いだ空に、真ん丸の月を見つけて心梨は息を呑む。ちゃんと月を見るのは、酷く久しぶりだった。前に見た時の記憶も思い出せないぐらいだ。

「今夜の月齢は15　3だよ」

狼男になっちゃいそう、なんて背中から抱きしめられてくすぐったい。

「ホントに狼男になったら捕獲《ほかく》して実験してやる」

憎たらしい口調で軽口を叩いてしまうのは、背中越しに頬へ触れてくるキスのせいだ。

「もうなっちゃったから、早く捕獲してください」

耳を噛む仕種に、カッと身体が熱くなる。腰の後ろに感じるそこが、早く実験しようと心梨を誘っているからだ。

「こ、こんなところでダメだからなっ」

わかってると思うけど、という心梨のほうがわかっていない。

「大丈夫、ここなら誰にも見られないよ」

この屋上を覗けるような建物はないと言いきる環の性格をだ。

「じっ、人工衛星が飛んでるっ」

必死に逃げるための口実を考える心梨は往生際《おうじょうぎわ》の悪い先生だった。

「じゃあ明日のお天気と一緒にテレビ出演できますね、ひまわりからの中継ですよ」

浮かれたように顳《こめかみ》へキスをする、思いきりのいい生徒に。どう足掻《あが》いても敵《かな》わないことを、知っているくせに抵抗してしまうからだ。

「……………た、立ったままなんてできない」

真っ赤になって、コンクリートの地面へ視線を落とす心梨は可哀想なくらい震えている。こんなところで、そんな気になってしまう自分が恥ずかしくて逃げ出したくなった。

「うん、ちゃんと横になってしよう…………？」

安心して、なんて言う環はもうすっかりその気で。

「コンクリートの上でなんて、やだ」

嫌がって見せる心梨も、本当はもうとっくに興奮してしまっている。環が壊したせいで微妙に歪《ゆが》んだ眼鏡を、早く奪って欲しくて。フレームを留めているセロテープを、今すぐ剥がしてしまいたくなる。

そうしたら、すぐに。メチャクチャなキスで、環を奪ってしまえるからだ。

「……やっぱりここでいい」

我慢できなくなったみたいに、振り返って。甘い仕種で環の肩へしがみついたら。

「ダメだよ、大事なダーリンを床に寝かせるなんてできない」

ふいに抱き上げられて、心梨は慌てて環の首へ腕を回した。環が歩き出したからだ。

「秘密の場所へ――連れて行ってあげる」

悪戯っぽく微笑って、心梨を抱いたまま給水塔の裏へ連れて行ってくれる。

「？」

そこに現れた、雨を避ける小さな屋根の下へ作られた空間に心梨は目を丸くした。

「ようこそ、我が校自慢の秘密基地へ」

楽しげに微笑って、環はそっと公園にあるようなベンチへ心梨の身体を下ろしてくれる。

そこは一種の生活空間と言っていいほどの空間だった。ベンチだけでなく、電気も通っているのか、電気式の炊飯ジャーまである謎の空間なのだ。

「解析概論だ！」

備え付けられた本棚に、自分の好きな数学本を発見した心梨は。

「スミルノフもあれば、経済数学教室も八巻揃ってます」

退屈な授業からの避難場所には必要だと当然のように答える環に感心してしまう。もう二年も自分が通っている高校の屋上に、こんな快適空間が存在しているとは心梨は想像もしなかったからだ。歴代の卒業生が連綿《れんめん》と作り上げたという空間は秘密基地のようだった。

「お茶だって淹れられるし、音楽だって聴ける」

秘密を教えるみたいに、雨除けのビニールシートを取り払った環は。

「ベッドだって――――思いのままだ」

その下に現れた、高跳び用の分厚いマットレスへ心梨を誘うように腕を広げた。きっとこれを盗んでくるのは運ぶだけでも大変だっただろうと思いながら。

「…………なんでベッドがあるんだよ？」

ちょっと拗ねたように言って、心梨は思わず唇を尖らせてしまった。例の、環に告白をしていた下級生のことを思い出したせいかもしれない。

「お昼寝用だよ、ヤキモチ焼いてもらえるようなことには使ってません」

環は可笑しくてたまらないみたいに笑って、だから早くおいで、なんて言うのだ。

「なにがお昼寝だよ、環のくせに」

真っ赤になって文句を言う心梨は、ヤキモチなんて言われたことが恥ずかしくてたまらなくなる。そんなの、環の言うとおりすぎるからだ。

「ほ、本当は俺より高校生のほうがいいくせに」

けれど思いきって、心梨は疑惑を口にしてみた。こんなこと、絶対に今でなければ環に尋けないと思ったからだ。

「高校生って？」

なのに環は、まるで心当たりがないような表情をしていてムッとする。だって心梨は、ちゃんと見たのだ。環が下級生にラブレターをもらって嬉しそうにしていた現場を。

「卒業アルバムの撮影の日っ、ラブレターもらってニヤニヤしてたくせにっ」

見てたんだからなっ、なんて真っ赤になって言う心梨はもう半泣きだった。男のくせにこんなヤキモチを、言ってしまう日が来るなんて自分でも信じられない。恥ずかしくて、もう死んでしまいたくなるくらいだ。

「先生、やっと色んな謎が解けてきましたよ」

ちょっと真面目な表情をして、環はそう言うと。

「でもあれは残念ながらラブレターじゃないんですよね」

ほんの少し意地悪をする時みたいに、チラリと心梨を見た。まるで、どうやって苛めてやろうかと考えるみたいに。

「じゃ、じゃあなんだよ？」

ドキドキしながら、それでも尋いた心梨に。

「先生ったら、本当はヤキモチ焼きなんだね」

環は幸せでたまらないみたいに、微笑ってくれた。

「あれは、写真をもらっただけだよ」

手紙じゃなくて写真だと、答える声が溶け出しそうに甘く響くけれど。

「や、やらしい写真？」

真っ赤になって、小声で尋いてしまった心梨に。

「うーん、オカズにはなるかもですね」

環は悪戯っぽく微笑うと、

「だってあれは、先生の隠し撮り写真だから」

だから早くこっちにおいでよ、と腕を伸ばしてくれた。心梨を待ちきれないみたいに。

「隠し撮り!?」

ビックリしてしまった心梨に環は笑っているだけだ。どうやら環は、心梨を抱きしめてからでなければ本当のことを言わない作戦らしい。

「先生――――早く、お昼寝以外のことに使おう？」

甘く誘う声に、だけどやっぱり恥ずかしくて。心梨は自分から環の腕の中へ行くなんて絶対にできないと思っていたけれど。

「あんまり焦らすと、本当に狼男になっちゃうんだから」

ガォー、なんて言ってくれる環が可笑しいからかもしれない。

「早く捕獲しに来てくれないと、被害者が出ちゃうよ？」

微笑って、冗談ばかり言う狼男の腕へ捕まってしまうために。

「被害者って誰だよ？」

心梨はそっと、マットのそばへ足を動かしてみた。

「それはもちろん、僕の――可愛いダーリンだけだよ」

すぐに伸ばされた腕に、身体を引き寄せられて。ふわりとマットの上へ、心梨は身体を沈めることに成功した。正確には、環の上にだ。

「俺以外の血、吸ったら射殺するからな」

抱きしめられる感覚に、照れたみたいに文句を言ったら。

「それじゃドラキュラですよ」

微笑って混ぜっ返す唇に、額へ小さなキスを贈られる。ここまで自分で来れたことを、褒めてくれるみたいに。

「先生が僕にヤキモチ焼いてくれて嬉しい」

頬へ押し当てられたキスに、恥ずかしさを煽られてカッと熱くなった。

「環、………写真のこと」

聞きたくて、焦れたみたいに環を見たら。環は嬉しそうに微笑って、秘密を教えるのだ。

「先生と僕だけの、秘密のアルバム作りたかったから」

だから面倒な卒業アルバムの委員をやって、みんなから色んな写真を集めていたのだと。

「………俺と、おまえの？」

信じられないみたいに尋いた心梨に、環は躊躇いもなく頷いてくれる。本当のようだ。

「できあがったら見せてあげるね、先生と僕の愛のメモリーだよ」

まだ夏休みまでしかできていないという環が、心梨は可愛くてたまらなくなってギュッと強く抱きしめてやった。健気にアルバムを作るような環が愛しくなったのだ。

「ごめんな、誤解して怒ったりして」

そっと頬にキスをして、これからはなんでも環に尋いてから悩もうと心梨は心に決める。

そうしたら、きっと。あんなに悩んだり泣いたりすることはないと思ったのだ。

「誤解するのは、先生が僕を好きでいてくれる証拠だと思うから嬉しいんだ」

安心して笑えるように。数式を解くみたいに誤解を全部、環が解いてくれるはずだから。

「先生、大事な眼鏡――――壊してごめんね」

ふいに、落ちこんだみたいに反省した声で言う環に。

「バカ、ちょうど新しいの買おうと思ってたところだ」

ボーナスが入ったからな、なんて心梨は冗談めかして強く抱きしめてやる。可愛い環に心梨としては負い目を感じさせたくなかったからだ。

「大丈夫、せっかく先生が働いた貴重なボーナスを使う必要はありません」

なのに環は当然のように言って心梨に差し出すのだ。

「環？」

綺麗にラッピングされた、四角い箱。何が入っているのかなんて、見なくてもわかる。

「開けてみて」

促す声に、開けた先には。心梨が使っているのと同じ、華奢なフレームの新しい眼鏡。

「気に入らない？」

心配する声に、小さく首を振って心梨は新しい眼鏡をかけてみる。

「………ピッタリだ」

途端に鮮明になる視界に、環を見たら。

「よかった、気に入ってもらえなかったらどうしようかって心配だったんだ」

ほっとしたように言って、環は頬へキスをくれた。心梨が使っていた眼鏡店で、心梨のお使いのふりをして同じものを作ったのだと言う。よほど気になっていたのだろう。

「ありがとな、環」

その心遣いに、遠慮なくもらうことにした心梨は。

「指輪はもう少し待ってね、ちゃんと自分で働いたお金で買いたいから」

健気なことを言う環に笑ってしまいそうになったけれど。

「バカ、指輪なんて買わなくていい」

わざとムッとした表情をして、言ってやるのだ。

「ダメだよ、指輪がなきゃ先生に悪い虫が付いちゃう」

なんて、心配げに可愛いことを言う環が。やっぱり好きでたまらないから。

「だから――結婚指輪は、旦那が買ってやるもんだろ？」

いらないのか、なんて。精一杯、格好付けて心梨が言った言葉は。

「いる、いります、絶対にもらう！」

可愛い奥さんを感激させることに成功したらしい。途端に抱きしめてくる腕の強さと、触れる環の体温が嬉しくて微笑ってしまう自分を止められなくなる。

「指輪のお礼に、めいっぱい愛を貢《みつ》いじゃうから」

覚悟してね、なんて言う環の声に。嫌になるくらいの熱いキスで、心梨は応えてやった。

環の肩越しに映る、真ん丸になった月が眩しくて。

「ん、……っ」

どこまでも沈みこんでしまいそうな、高跳び用のマットレスへ心梨は頬を埋めた。もう心梨を隠していたシャツやジーンズはどこにもいない。

「先生、すごく綺麗………」

その素肌を隠しているのは、環の卑猥な指とキスだけで。贈られたばかりの眼鏡さえ、とっくにベンチの上へ避難している。

「たま、き…っ…」

上がる息に、名前を呼ぶ声が甘く掠れてしまって。悪戯を仕掛ける唇に、尖ってしまう胸は痛いくらいだ。

「…ぁ…っ」

キュっと尖った乳首を噛まれて声が零れてしまう。同時に、昂った自身を指で扱かれて我慢できなくなりそうな快感に背骨が震えた。

「我慢しないで、出しちゃっていいよ」

唆す声に、言われるまま達してしまいそうになる。

「お、れ…だけ、……嫌だ」

けれど心梨は必死にそれを堪えて、せがむみたいに環の髪を焦れた手付きで掻き回す。

自分だけは嫌だと、教えるために。

「あとで………ね？」

なのに環は、まるで宥めるみたいに言って手の動きを速くする。そのほうが気持ちよくなれるから、なんて唆す環はシャツも脱がないままだ。

「や…っ、…ん」

熱心な唇に、丁寧に小さな突起を吸われて息が乱れる。追い立てる指は、感じる部分を強く扱いて心梨を言いなりにさせていくみたいだ。

「た、まき…っ」

溢れ出した先端を、引き伸ばすみたいにくすぐられて腰がどんどん重くなる。身体中の血が集まって、破裂しそうになるのは強すぎる快感のせいかもしれない。

「ア…ッ…、んっ」

胸を噛む仕種に、昂りを甘く扱かれて。大きく震える感覚に、息を詰めたら。我慢できない快感が零れてしまうのを止められなくなる。

「……っ……!」

ビクビクと震えながら、溢れ出した衝動に堪えていた息を少しずつ解《ほど》いていく。

「……たま、き」

ゆっくりと弛緩《しかん》した身体は、力が抜けてしまったのか甘い余韻に震えているだけだ。

「先生、………可愛い」

囁く声にぼんやりしたように環を見て、うっとりと心梨はキスをねだってしまう。

「気持ちよかった………?」

そうっと唇に触れるまま、尋ねる環に無意識に小さく頷いて。まだ上気したままの頬が熱っぽく火照《ほて》っているせいか、心梨は夢の中にいるような表情をしていた。

「もっと気持ちよくしてあげる…………先生の好きなやり方で」

興奮した声に恥ずかしそうに身じろぎして、それでも逃げない心梨は環の微笑みを深くさせるだけだ。

「たま、き……」

キスをねだる仕種で、環を甘く抱き寄せた心梨は。

「ん、………どうしたの?」

なのに触れるだけのキスから逃げるみたいに、その首筋へ顔を埋めてしまう。

「もうしたくない？」

心配したような声に、違うと首を振ってから。

「おまえの、……………してやる」

そっと、何度も躊躇いながら心梨は秘密を言うみたいに小さな声で囁いた。

「先生……ホントに？」

期待に明るくなった声に、逃げ出したくなったけれど。

「フェルマーの法則だよ？」

信じられないような声に、それでも恥ずかしさを我慢するみたいに心梨はギュッと強く環を抱きしめてやるのだ。

「生徒にやられっぱなしじゃ、カッコ付かないだろ？」

なんて、精一杯偉そうに言って。そんな心梨は、やっぱり可愛くてたまらない。環を、夢中にさせてしまう表情は。意識しない分だけ犯罪に近かった。

「こんなに可愛い唇で…………してくれるの？」

うっとりと唇を辿る指に、逃げ出しそうな羞恥を堪えて。

「……嘘は言わない、ホントだ」

心梨はそっと、その指を舐めた。卑猥なことを、うんと想像させるような仕種で。

「先生………」

ゾクリとするような視覚的な快感に、環の声が深くなる。待ちきれない指が、心梨の手を熱い昂りへ導く。その手に逆らいたい気持ちをぐっと堪えて心梨はされるままになる。

「………もう、硬いよ」

確かめてみて、という声に耳朶を噛まれて。

「たまき…っ…」

声が震えるのは、触れているだけで環が大きくなるからだ。ジーンズの硬い布越しに環の昂りをはっきりと感じる。熱いそれは、心梨の掌を押し上げて窮屈《きゅうくつ》そうなくらいだ。

「ボタン、外してくれる………?」

欲情した声に、コクンと喉を鳴らして。頷いた心梨は、手探りで環のジーンズのボタンを突きとめることに成功した。

「もしかして先生、全然見えてないの?」

その頼りなげな仕種に、環が興奮したみたいに尋いてくる。

「触ったら平気だ、これくらいちゃんとできる」

けれど心梨は、心配されたのが悔しくて大丈夫だと教えるようにボタンを外して見せた。

眼鏡がなくてもこれぐらいできるぞ、という意味だ。

「本当だ………先生、すごく上手」

勢いでジッパーまで下げようとする心梨に、環が興奮するから下げ難《にく》くなってしまう。

「環、大きすぎだぞ」

意地になったみたいに、布地を押し上げる環の欲望を力任せに手で押さえ付けて。

「先、生……っ」

ギューギュー押し返すみたいにしながら、最後までジッパーを下ろしてしまった心梨に環は恍惚《こうこつ》めいた吐息を漏らした。心梨の手に、自身を触られるのは初めてだったからだ。

「よし、やっと下りたな」

まるで任務を確認するような心梨に、環は苦笑していて。

「環、腰ちょっと上げろ」

真面目な表情でジーンズを脱がそうとする手に、

「はい、どうぞダーリン」

やっぱり嬉しそうに素直に従うのだ。

「いいぞ環、その調子だ」

浮かせた腰に、下着ごと乱暴にジーンズを脱がせることに成功した心梨は、まるで何か重大な任務を成し遂げた人のような表情をしていた。達成感を覚えたのだろう。

「先生、大きくてごめんね………やっぱり脱がせにくいよね、大きくしちゃうと」

うっとりと「大きい」を連発する声に頭を撫ぜられて、心梨はハッと我に返ったように真っ赤になった。

「先生に………脱がせてもらえるなんて夢みたいだ」

自分が一生懸命になっていた任務が、なんだったのかに気付いたからだ。

「た、環…っ」

カッと頬を熱くして、視線を逸らすように顔を伏せた心梨は。そのぼんやりとした視界に、ユラユラ揺れる謎の物体を発見して消えてしまいたくなった。それが、環のものだとわかってしまうからだ。

「もう、すごく熱いよ」

確かめさせたがる手に、剥き出しの昂りを触らされて指が震えそうになる。

「………環」

恥ずかしさを堪えて、それをギュッと握ったら。

「ん、気持ちいいよ………」

感じ入った声に、唆されるまま心梨はぎこちなく手を動かした。拙《つたな》い動きに、それでも環が喜んでくれるのがわかるからだ。

「先生、すごく上手……いい」

囁く声に、何度もキスをされる。環は酷く興奮していて、あっという間に達してしまいそうだ。大きく膨らんだ硬い感触と、濡れて溢れ出した先端が心梨にそれを教えている。

「……ダメだ、環」

慌ててギュッと根元を掴んだ心梨に、

「どうして……先生、いかせてくれないの？」

抗議するように耳を噛む環は焦れていて。その仕種に、心梨はグッと昂るのを感じた。

いつもは一方的に環から与えられるだけの感覚を、今は自分が環に与えているのだと実感したからかもしれない。

「だって……まだ、口でしてない」

酷く興奮した声が、自分でも恥ずかしいくらいで。

「先生」

けれど環のほうがもっと興奮しているから、心梨は平気だ。自分より環のほうが乱れていることが嬉しくて、どんどん昂ってしまいそうな予感に息まで甘く乱れてしまいそうだ。

「してやるから……環、な？」

まるで宥めるようなことを言って、心梨は環の唇へ小さなキスをする。どこか環の機嫌を取るような、そっと触れるだけのキスは。

本当なら、いつもは環がするようなキスだった。

「……もう、死んでもいい」

いつもと正反対の展開に、感動したように心梨を見て。

「先生の好きにして――僕をメチャクチャにしていいよ」

昂ったみたいに続きを促す声は、酷く欲情させる気がしてたまらなくなる。

「環」

興奮するまま、環の唇に噛み付くような短いキスをして。熱くなった環へ、ゆっくりと心梨は顔を下ろしてしまった。

「……キスして」

誘う声に、唆されるまま先端へキスをする。もう濡れているそれは、手で支えていないと下腹へくっついてしまいそうだ。自分のより大きくて立派な感じ。不思議な感覚だった。

「環……」

曖昧な視界が、現実感を奪っているのかもしれない。うっとりと環の先端へ唇を寄せた心梨は、もう好奇心に勝てなくなったみたいに舌を覗かせてしまう。

「いいよ舐めて…………そう、気持ちいい」

そっと這わせた舌先に、不思議な苦味を感じる。ほんの少し舐めただけで、なくなってしまいそうなそれに心梨は陶酔めいた奇妙な快感を覚えた。なんだか上手く言えない種類の甘い衝動を感じたのだ。

「……環」

もどかしいような感覚に、扱くみたいに手を動かして。すぐに溢れてくるそれを、舌先で掬《すく》うみたいに舐めてしまう。変な味覚のものを、なぜか無性に食べたくなる時の感覚に近いのかもしれない。

「ん…っ」

心梨は、まるで待てないみたいに唇を開いて。大きく頬ばるような仕種で、環の欲望を銜えてしまった。

「…………先生」

普段の、正気の時の心梨には絶対にできない行動に環が酷く興奮したのがわかる。その唇に銜えられているのが、信じられないみたいに心梨を凝視《ぎょうし》しているのだ。

「先生、強く――――吸って」

唇の中で、確かめるように舌を動かしていた心梨に環がねだる。

「ん、」

言われるまま強く吸った心梨の唇を、環が見ているのがわかって愛撫は熱心になった。その指先が何度も頬や唇に触れて、怪訝そうに目線を上げたら。

「僕の……中に、入ってるね」

酷く興奮した声で囁かれて、心梨は今さらのように恥ずかしくなった。自分がしていることの意味をはっきりと認識したせいかもしれない。けれど、恥ずかしくなってもそれを吐き出すことができないことぐらいわかっている。それこそ今さらだと思うからだ。

「もっと、さっきみたいにして………気持ちいいから」

唆す声に、言われるままおずおずと舌を動かして。羞恥に震えながら先端を吸ってみる。

「いいよ、すごく――――いきそう」

そのぎこちない愛撫に、感じた声で答えられて心梨は一生懸命になった。環をもっと、できるだけ気持ちよくしてやりたいと思うからだ。

「先、生…っ、いっても……いい？」

我慢できそうにない環に、無意識に大きく頷いた心梨は。

「……先、生」

一瞬だけ高く掠れた声と、溢れた唇の感触に。環がその瞬間を迎えたことを知った。

コクリと喉を鳴らした小さな仕種に、

「…………先生」

環はたまらなくなったみたいに心梨を乱暴に抱き上げた。

「たま、き…っ？」

そのままマットへ深く沈められるのと同時に、噛み付くようなキスをされて苦しくなる。

唐突すぎる、激しい唇付《くちづ》けに眉を寄せて。

「…や、…まきっ」

メチャクチャなキスから逃げようとした心梨は。

「ん、」

ふいに、その舌が何をしているのかがわかってカッと首筋まで赤くなった。環は、その唇の中に自分が零した欲望の名残りを捜しているのだ。

「…………、…」

荒っぽい、環らしくないメチャクチャなキス。けれどその、心梨を汚してしまったことを詫びるような仕種に胸が熱くなった。

キスの合間に、微かに動く環の唇が。何度も心梨に「ごめん」と囁くからだ。

「…っ」

強引な仕種で、キスから逃れて。

「謝るなよ……環のくせに」

すぐに不安めいてしまう瞳に、心梨は小さくキスをした。

「先生」

ごめんね、という囁きの代わりに触れてきた唇を嫌がるように噛んで。

「たまき」

好きだと囁く代わりに、甘い声で名前を呼んだら。

「……先生、大好き」

溶け出しそうな声で、環は泣いてしまいたいみたいに告げるから。抱きしめて、うんと甘やかしてやりたいような気になってしまうのは当たり前のような気がした。

環が、あんまり可愛いからだ。

「そんな顔してると、俺に手ぇ出されるんだからな」

微笑って、頬へ冗談みたいなキスをしたら。

「遠慮しないで、いつでもどうぞ」

大歓迎だ、なんて環は泣き笑いみたいに微笑う。綺麗な、環の笑顔に見惚れて。心梨は、こんなに夢中になっている自分に気付くたびに恥ずかしくなるくらいだ。

「どうしたの、可愛い顔しちゃって」

幸せそうに額を合わせてくる環に苦笑して。

「可愛いの、おまえのほうだろ」

環のくせに、なんて意地悪するみたいに言ったら。

「先生より可愛かったら宇宙制覇できるね」

心梨の冗談だと思ったのか、環は可笑しそうに笑った。きっと環は自分が可愛いことに気付いていないのだ。そう思ったらよけいに可愛く思えて心梨はたまらなくなった。

「環………」

ギューっと抱きしめて、甘えるみたいに環の身体を強く揺さぶってやる。それが、環を甘やかしているつもりだなんて心梨にしかわからないかもしれない。

「先生ったら、甘えっ子なんだから」

少なくとも嬉しそうに抱きしめ返してくる環には、わからなかったようだ。環は環で、心梨に甘えられるくすぐったさに酔っているような表情をしている。

「どっちがだ、環め」

綺麗な形をした、環の鼻の頭にキスをする心梨は意地悪をしているつもりで。

「先生だよ」

お返しみたいに派手なキスをする環には、少しも意地悪にならないなんて思いもしない。

「先生………すごく、上手だった」

気持ちよかったよ、なんて囁く声に純情な心梨は真っ赤になってしまうから。

「そ、そうか」

やっぱり心梨は、苛めっ子には向いていないのかもしれない。

「うん、また今度してね」

なんて甘えるみたいに言われて、唆されるまま恥ずかしそうに頷いてしまうからだ。

「先生………やっぱり可愛い」

大好き、なんて一日に何回言うのかわからないくらい囁く環に照れてしまいながら。

「もう――食っちゃいたいくらい、可愛くて大好き」

ふいに重みを増した身体に、環が伸しかかってきたことくらいわかっていたけれど。

「もっと、いっぱい夢中になっちゃおうよ」

囁く声の卑猥さに、気付かないふりをして。心梨はそっと瞼を閉じてしまった。

深く押し入って来た環の感触に、喉を反らして。見上げた空には、真ん丸い月が見えた。普通に屋上から見る空とは、まるで違う構図。視界の中に環の顔がないから、少し不安になってしまいそうになるけれど。

「先生、すごく狭…い」

感じ入った声に、腰を強く引き寄せられて。ぐっと奥まで埋めこまれた感覚に、心梨は環の存在を強く感じることができるから。少しも不安じゃないような気になるのだ。

「たまき………」

名前を呼んだら、応えるように膝へキスされて。たったそれだけのことに、心梨は酷く感じてしまいそうになった。環が優しいからだ。

「あ、…っ…」

ゆっくりと、焦らすような仕種。夢中になってしまうには、きっとまだ少し早すぎる。繋げただけの身体。存在を確かめるようなそれは、穏やかで幸せな切なさを与えるだけだ。

「………痛い？」

掠れた声に、髪を撫ぜられて涙が零れそうになる。身体の奥に感じる、環の鼓動《こどう》が酷くリアルに思えるせいかもしれない。

「痛、くない…、…っ」

息をするたびに、環が震えるのがわかってたまらない。きっと、環にも心梨の吐息の数まで知られてしまっているだろう。

「ほんとに、強情なんだから」

苦笑するみたいに微笑って、環は心梨の脚をゆっくりと深く折り曲げていく。じわじわと深くなる結合に、心梨は息を詰める代わりに唇を噛んでしまった。

「先生のここ、すごく可愛くなってるね」

細い踵《かかと》にキスをして、けれど環の視線は卑猥な部分を見つめたままだ。

「こんな大きいの飲みこんで…………中、溢れそうだ」

ヒクン、と震えてしまうそこに環の笑みが深くなる。心梨は、そこを見つめられるのが恥ずかしくて、なのに感じてしまって。

「た、まき……っ」

もう、泣き出しそうになった。何度しても、こんな瞬間は慣れることができない。わけがわからなくなるような、甘い瞬間が待ちきれない気がして。すぐにでも、環の視線から逃げ出したくなってしまう。

「ダメだよ……そんなに締めたら、痛い」

羞恥を煽ろうとする声に甘く詰られて、心梨は自分から腰を揺らしてしまいそうになる。そこを、こんな風に環に暴かれてしまうのがたまらない。どんな風になっているのかさえ、自分でも知らない部分を。

環にだけ、何もかも知られてしまっているからだ。

「……たまき」

けれど、そうするのが環だから——我慢しようと心梨は思うのだ。たった一人の、大切な。心梨だけの環だから。我慢する理由には充分だろう。

「心梨って呼んでいい……？」

ねだるような声に、なんて答えればいいのかわからなくて黙っていたら。そうっと環が屈みこんで来て、心梨はやっと恋人の顔を見ることができた。

「環……」

うっとりするような安心感に、しがみつくみたいに環の肩へ腕を回す。

「ねぇ、心梨って呼んでもいい？」

すぐに抱きしめ返した腕が、拗ねたように尋くから微笑ってしまいそうになる。

「ただの、先生と生徒じゃ嫌だよ……」

どこか不安そうな声に、ほんの少し驚く気持ちのまま環を見たら。

「だって、ただの先生と生徒じゃ――卒業したらそれきりだ」

そんなの嫌だ、なんて泣きたいような表情を見つけて。心梨は、ギュッと胸を掴まれたような気になった。

そんなこと、不安になるのは自分だけだと思っていたからだ。

「ただの元生徒になんか、なりたくないよ?」

真っ直ぐに見つめてくる瞳。いつも、こんな風に環は見つめるから。ふいに見せる不安そうな表情は、どこかでずっと心梨は本気にしていなかった。

だって環はいつも完璧で。不安になるようなことなんて、何一つないと思うからだ。

「バカ、環のくせに……」

強く抱きしめて、身体の奥へ埋めこまれた環の感触に息を詰める。

「ごめんね、嫌なら呼ばない……先生が嫌なら我慢するよ」

零れてしまった涙に、環が慌てたのがわかって心梨は泣き笑いみたいになった。泣いてしまった理由を勝手に勘違いして焦っているなんて可笑しい。

「……先生?」

あの、生意気で。カリスマなんて呼ばれている、エレガントな解答の桜大路環のくせに。少しも――――心梨の気持ちがわからないなんて。

「どうして笑ってるの？」

不思議そうな声に、まんざら世の中は不公平ではないことを心梨は知る。

「……………おまえがバカだから、可笑しいんだ」

心梨も知らない、身体の奥まで知っている環は。なのに心梨の心の中だけは永遠に覗くことができない。だから不安になって、心梨を知りたい気持ちの分だけ環は欲しがるのだ。きっと終わらない永久運動のように、永遠に。

好きだという気持ちは、理不尽《りふじん》で甘い不安を与え続けていくのかもしれない。

「どうして僕がバカなんですか？」

そして、それは心梨も同じなのだ。きっと、どんなに身体を重ねても、キスをしても。やっぱり永遠に、心梨は環の心の中を覗くことだけはできないから。理不尽で、酷く甘い不安は。環と同じだけ、いつまでも心梨の心に居座り続けるのだ。

「そんなの自分で考えろ」

環のくせに、なんて意地悪そうに言った心梨に。やっぱり環は不思議そうな表情をしているから微笑ってしまう。

それから、どう言おうか考えるみたいに環を見つめて。

「ウェーバーの法則の急カーブ――最後まで、昇り続けろよ？」

そっと、甘い命令をするように言った心梨の言葉に。

「うん、………絶対に約束する」

死ぬまでずっと、永遠に先生が好きだよ。そう言った環は今度こそ泣きたいような表情になった。あんまり何度も言うから、反対に心梨を酷く泣かせてしまったけれど。

「卒業したら、もう――先生なんて呼んであげない」

そっと触れるだけのキスをして、ふいに環は心梨を見つめると。続きをねだるみたいに甘く腰を揺らしてきた。早く夢中になろうって、誘う仕種で。

「心梨…って、名前で呼ぶって決めてるから」

耳の中へ響くような、深い声。少し掠れて響くのは、持て余した快楽のせいなのか囁く名前のせいなのか判断が付かない。

「永遠があるって、ウェーバーよりちゃんと先生に教えてあげるよ」

宣言するように言いきった声に、噛み付くようなキスで応えて。ゆっくりと押し寄せる波と囁きに流されてしまうみたいに。

心梨は――その甘い瞬間に、攫われてしまった。

その日も遅刻ギリギリで必死に職員室へ飛びこんだ心梨は、

「小町、タイムカードは私が押しておきましたよ」

こっそりと背中から耳打ちする深草の声にまたもや助けられてしまったことを知った。

「す、すみません毎回」

決して夏休みだから気を抜いているわけではなく、心梨はその複雑な家庭事情によって週三回の登校日に毎回遅刻ギリギリで滑《すべ》りこむハメになっているのだ。心梨が学校へ来る前にタイムカードを押しておいてくれるマメな深草がいなければ、きっと今ごろとっくに校長室へ呼び出されているだろう。

「気にしないでください、小町を助けるのは私の趣味ですから」

サラリと言って雅《みやび》に微笑う深草に、心梨はひたすら謝るしかない。言うまでもなく人に言えない事情で遅刻しているからである。

「目覚し時計でも壊れたんですか？」

なんて尋かれても、心梨に答えられるはずがないのだ。出かける直前まで甘えてくる、可愛い奥さんのせいで遅刻してしまうだなんて。

「いや、あの、…………そんなところです」

そんな自分が恥ずかしくて心梨は真っ赤になって俯いてしまう。その可愛い奥さんは、一限目の講義に遅刻しなかっただろうかと心配してしまう自分がよけいに恥ずかしい。

「小町、よければ私が共寝《ともね》しましょうか？」

エアコンの効きまくった学校の廊下を歩きながら、優雅に扇子をヒラヒラさせる深草はどこまでも平安調だ。赤くなって俯く心梨が、恥ずかしがったり照れたりしている理由に気付きもしていないらしい。

「はぁ」

その扇子に意味はあるのか、という基本的な疑問を抱いてしまう心梨は一刻も早く自分の数学準備室へ逃げこみたい一心だった。まるで深草の話を聞いていないのは、サッパリ意味のわからない古典用語だらけの話を聞いても答えようがないからだろう。

「ああ、また一句浮かんでしまった」

嬉しそうに立ち止まった深草に、気が遠くなる瞬間を感じる。どうして深草はこんなに一句浮かんでしまうんだという苦悩にも似た瞬間だ。

「わ、私は授業の準備が」

素早く逃げようとした心梨に、

「マイスイート小町、あなたに捧げる歌です」

さらに素早く廊下の前へ立ちはだかった深草はスピードだけは現代的だった。のんべんだらりとした平安調では心梨に逃げられることを知っているからである。

「心あてに〜折らばや折らん梅の香の〜ぉ、おきまどわせる〜梅園の君〜ぃ〜い」

朗々《ろうろう》と詠みながら、どこから取り出したのか短冊へ筆ペンで歌を書き付けていく深草は心梨の深い沈黙を気にも留めていないらしい。歌を捧げる相手として赴任直後から心梨に付きまとい続けているだけのことはある。雅な平安男は相手の都合になんて構っていてはいけないのだ。どこまでも自分勝手、それが平安男の真髄《しんずい》だからである。

「さぁ小町、遠慮せずに受け取ってください」

にこやかに差し出された短冊を、

「う、受け取れません」

けれど意味がわからなくても心梨には受け取れない理由があった。逆らうのも面倒だと受け取っていた今までとは事情が違うのだ。どの辺が違うかというと、家庭事情である。

「なぜです小町!?」

勢いこんで尋かれても、受け取れないものは受け取れない。

「意味もわからないのにもらえません」

サッと顔を背《そむ》けて抵抗の姿勢を示した心梨に、なぜか深草はパッと明るい表情になった。

「小町、やっとあなたも歌の意味を求めてくれるようになったんですね」

しみじみと頷く深草の、嬉しそうな気配に心梨は眉を寄せる。何かとんでもない誤解を生んでいるような気配を感じたからだ。

「わかりますよ、歌の解釈に迷って私の男心を疑ってしまったんでしょう？」

可愛い方だ、などと微笑む深草の笑顔に嫌な気配が大きくなっていく。

「せ、先生？」

その笑顔がよからぬ何かを秘めているようで、思わず廊下の壁へ後ずさった心梨は。

「もし手折るのなら、あてずっぽうに手折ってみようか」

ふふふと謎めいた笑みを扇子の向こうへ浮かべながら寄ってくる深草に首を傾げて。

「置いた梅の花の香りなのか、あなたの香りなのかわからなくなっているから」

という意味の歌です、という解説にますます首を傾げてしまった。その解説が、さらに意味をわからなくさせているからだ。

「つまり、惑《まど》わせるあなたのせいだから思いきってエッチしちゃおうかなって意味ですよ」

季語《きご》は無視してください、なんて卑猥なことをサラリと言う深草にカッとなってしまう。

「うっ、受け取れるわけないでしょうッ!?」

そんな下品な歌っ、と叫ぶ心梨は正しい。正しいが、平安男を納得させるには難しい。

「そ、それにその………そういう歌はもらっちゃいけないって言われたから」

急に思い出したようにパッと赤くなって、ソッポを向く心梨に深草の眉間へ皺が寄る。

けれどその和歌を受け取ると心梨にピンチが訪れてしまうから仕方がないのだ。

心梨の可愛い奥さんが嫉妬に狂って暴挙《ぼうきょ》に出るからである。

「誰にそんなことを言われたんですか？」

愛の籠《こも》った和歌を受け取れと詰め寄る深草に、どんどん追い詰められていく。

「そそそれは個人的なことですからっ」

カーッと赤くなって廊下の隅へ後ずさった心梨は、もうパニックを起こす寸前だ。

「まさか本当に井筒の君が!?」

ズズっと前へ出てきた深草に、思わず心梨はバッと背中を向けて。

「つっ、妻に叱られますので！」

何も考えないまま大声で叫ぶと、猛ダッシュで廊下をターッと走り去っていく。

「つ、妻って――――正室のことですか!?」

言い直した深草が、その意味にショックを受けたのは心梨の消えた十秒後だった。

夏の終わりの、眩しい日差しが窓ガラス越しに心梨を明るく照らしている。すやすやと穏やかな寝息を立てて眠る柔らかそうな頬は、突っ伏した机の上で本に皺を寄せていて。真新しい眼鏡を、ほんの少し顳《こめかみ》から浮き上がらせている。その横顔が安心した幸せな子供みたいに映るのは。

きっと、自分の他に誰もいないと思っているからだろう。

「…………心梨先生ったら」

けれど本当は、心梨の幸せなお城とも言うべき数学準備室にはもう一人存在していた。夏休みの講習を勝手に抜け出して来た、悪い生徒がいるからだ。

「そんな可愛い顔して寝てると、ハニーに襲われちゃいますよ」

楽しげな声に、けれど心梨は少しも気付いていなくて。侵入者の存在も知らず、に幸せそうに眠っているだけだ。少しも起きる気配を見せない心梨は、可愛い寝顔を隠そうともしないから。

「見つめ放題なんて、今日のダーリンはサービスがいいね」

嬉しそうに、そうっと心梨の隣に座った自称ハニーを微笑ませてしまうのかもしれない。いつもなら、こんな風に見つめているだけで。ダーリンな心梨は、真っ赤になって恥ずかしそうに顔を逸らしてしまうからだ。

「一日中見てても、飽《あ》きないな」

可愛い、なんて触れるか触れないかのあやふやなキスを唇の先にする。ピクっと小さく震えた瞼が、天使が羽ばたきするみたいに見えて笑みが深くなった。

「心梨先生………」

同じように机の上へ頬を乗せて、うっとりと心梨の寝顔を観察する瞳は完全に見惚れてしまっている。そうっと、そうっと起こさないように。慎重な仕種で眼鏡を抜き取る手は金庫破りよりも芸術的だった。今すぐ泥棒からスカウトが来るような見事な技術だ。

「………ん、」

キュっと眉間に皺を寄せて、無意識に鼻の先を擦る仕種に目尻が下がってしまいそうになる。そんな心梨は、まるでこの世の可愛いものをすべて集めて作ったように映るからだ。

「どうしようかな………」

ずっとこのまま眠らせて、その可愛い寝顔をいつまでも見つめていたいような、今すぐ起こして自分の存在に気付かせたいような、そんな裏腹な気持ちにさせるから。

困ったような、それでいて嬉しそうな表情で見つめる瞳がどんどん甘くなっていく。

「…………」

チョイ、と誘惑に負けたみたいに頬へ触れて。ピクリと震える瞼に、じっと息を殺す。

また心梨が安心したみたいに瞼をトロンとさせるのを待って。その指は、またチョイっと頬を小さく突つくのだ。

「う？」

ピクッ、と怪訝そうに眉に皺を寄せる仕種に悪戯犯は微笑ってしまわずにいられない。

あんまり可愛くて、たまらないからだ。

「ダーリン起きて、朝だよ」

揶揄うような甘い声に、心梨はクッキリと深く眉間を寄せて。

「たま、き……？」

ゆっくりと寝惚けたみたいに、瞼を持ち上げる。ぼんやりとぼやけた視界は、寝起きの上に裸眼のままだ。眠っているのか起きているのか、まだ自分でもわかっていないような蕩《とろ》けた表情で心梨は瞬きした。

「そうだよダーリン、他の誰に見える？」

うっとりした、甘い気持ちにさせる声にますます現実感を失くして。

「……俺の可愛い環」

夢の中にいるような声で言ったら、

「大正解」

すぐに優しいキスが触れてきて。今度こそ心梨は、険しい表情で眉を顰《しか》めてしまった。

「どうしたの、可愛い顔しちゃって」

くすくす微笑う、どこまでも幸せそうな顔を発見してしまったからだ。

「環!?」

バッと飛び起きるなり、キョロキョロと辺りを見回してハッとしたように顔を押さえる。

「めっ、眼鏡はっ!?」

カーッと首筋まで赤く染めて、迷わず手を突き出すのは。

「さぁ、どこでしょう?」

クリアにならない視界の先で、悪戯っぽく微笑う環が犯人だと知っているからだ。

「環っ!」

隠した眼鏡を出せ、という心梨は自分のすぐ近くに眼鏡が置かれていることに気付いていない。視界がブレまくったままで、よく見えないのだ。

「先生の可愛い環が微分しちゃいました」

なんて言われて真っ赤になってしまう。その恥ずかしい台詞を言わせてしまう原因が、自分の発言にあると知っているからだ。

「せっ、積分しなさいっ」

それでも負けずに手を突き出した心梨に、

「はい、先生」

チュっとキスを積分してしまう環は天才的に素早い。心梨にそれを避けさせるだけの隙を与えないからだ。

「環…っ」

可哀想なくらい赤くなってしまった心梨に、環は眼鏡の代わりに抱きしめる腕を与えて。

「眠ってる顔も可愛いけど、怒ってる顔も可愛いから困っちゃう」

幸せでたまらないみたいに頬へキスをしてくるから、本気で怒れなくなってしまう。

「この椅子って便利だね、先生をどこへでも連れて行ける」

おまけにガラガラの付いた椅子ごとソファへ連れ去られて、まるで環の思うままだ。

「環、眼鏡を返さないと追い出すぞ」

なんて、抱き上げられた膝の上で言っても少しも効果はなくて。

「眼鏡はちゃんとキスできた人にだけあげるんですけど、どうします？」

悪戯っぽい声に、ねだられるまま。

「……………バカ」

やっぱり心梨は、その唇へ小さなキスを落としてしまう。

「ダーリン、大好き」

酷く甘ったれで、手のかかる可愛い奥さん気取りの男が。心梨にそうされるのがとても好きだと知っているから、甘やかすキスを与えてしまうのかもしれなかった。

「先生、………もっと」

触れるだけで離れてしまった唇に、せがむみたいな声が上がる。もっとキスが欲しいと甘える環は、けれど重要なことを忘れているらしい。

「ダメだ、環のくせに我儘言うな」

キッパリと言う心梨が、小さなキスの間に眼鏡を取り返していたからである。

「ずるい先生、眼鏡はちゃんとキスできた人だけだよ」

拗ねたみたいに文句を言う環を、

「うるさい」

ほんの一言で黙らせて。心梨はチャッと素早く眼鏡を装着してしまう。まるでヒーロー物の変身アイテムのように眼鏡をかけた心梨は途端に手強くなるのだ。

「それより環、また授業サボったな？」

ちょっと意地悪をするみたいに言って、覗きこむ心梨に一瞬だけ思考を巡らせて。

「べつにサボったんじゃありません」

ご辞退しただけです、という環はゼノンより咄嗟の詭弁が上手いかもしれない。

「そういうのをサボるって言うんだ！」

叱っているはずの心梨のほうがカッとして、

「先生の国ではそう言うんですか」

反対に叱られている環のほうが余裕だという謎の現象が起こるからだ。

「……………おまえの国はどこだって言うんだ」

一気に疲れてしまう心梨に、

「もちろん、ラブリー心梨ちゃん王国ですよ」

キャッ、なんて気味の悪い声を上げると環はギューっと強く抱きしめてくる。目眩のしそうな頭の悪さだ。これが学園のカリスマなんて信じられないレベルの低さである。

「バカでも三次方程式が解けるなんて…………」

ドッと疲れの出た心梨の頬に、

「心梨先生の教え方がいいからですよ」

まるで気にした風もなく嬉しそうに頬擦りしてくる環は大物だ。心梨といると、一日中この調子ですぐに甘えてきたがる。

「当たり前だ、俺がいなかったらおまえに分数も理解できるもんか」

本当に、どうしてこんなに手のかかる男に夢中になってしまったのかなんて心梨は自分でもわからないけれど。

「ええ、せいぜい僕にわかるのは微積分とフェルマーの最終定理だけです」

あとウェーバーの法則もね、なんて恥ずかしいことをお気楽そうに言う環を見ていると。

「環のくせに」

心梨まで可笑しくなって笑ってしまうから。どうしてか、なんて理由はいらないのかもしれない。数学みたいに、好きになる気持ちを明確に証明することはできないからだ。

「そういえばおまえ、進路ちゃんと決めたんだろうな？」

ふいに最初の問題を思い出して、心梨は眉を顰めた。夏休みはあと残り僅かだ。環が家に同居するのはともかく、進路問題だけは片付けておかなくては立場がないだろう。

「ええ、一番いい大学へ行って、できるだけ楽で収入のいい仕事をすることにしました」

けれど環は、なんでもないようにその恐ろしく甘い答えをスラスラと簡単に言って。

「…………おまえは人生をナメてるのか？」

現実を知っている、とりあえず社会人な心梨に激しい目眩を起こさせた。

「まさか、僕は真剣ですよ」

ごく真面目な表情をしてキッパリと言う環に、目眩はもっと激しくなりそうだ。

「だって忙しい仕事だと先生と一緒にいる時間が短くなるし、浮気されたら嫌だし」

その恐ろしく楽観的な人生設計を、スラスラ述べる環の。

「収入が悪いと先生に豪華な暮らしをさせてあげられないでしょう？」

だからとりあえず最高の大学に行っておきます、という簡潔すぎる理論に一度の失敗も想定されていないのが恐ろしい。さすが桜大路環だ。失敗や後悔という後ろ向きな設定を、人生の計画から完全に削除しているのである。

「環、言っとくけど俺はおまえに養ってもらうつもりなんかないからな？」

思わず不安になった心梨に、

「もちろんです、先生は僕のダーリンだもの」

環はもっともらしく頷いて見せる。本当にわかっているのか怪しい表情だ。

「おまえは俺が養ってやるから、どこかで失敗しても落ちこむなよ？」

とりあえず、挫折《ざせつ》しても自棄《やけ》を起こさないように助け船を出してやった心梨は。

「大丈夫、僕が家計を助けてもダーリンは亭主関白でいてくださいね」

奥様のパートだと考えてください、なんて明るく言ってのける環に。反対に人生を心配されてしまうという非常事態に頭を白くした。その突飛《とっぴ》な環の人生設計は本気らしい。

「先生、奥さんに養ってもらっても恥ずかしいことなんて何もありませんよ？」

そんな環に、もしかして自分は世間で言うところのヒモになる予定にでもなっているんだろうかと疑惑がよぎる。しかも年下の男にタカる男のヒモが心梨だ。考えたくもない。

「それより先生、秘密のアルバム見たくないですか？」

悪戯っぽく見つめてくる環に、疲れきった気分で促してやった心梨は。

「こんなのいつ撮ったんだ？」

広げられたアルバムに写された、授業中の風景に首を傾げて。

「それは企業秘密です」

授業をする自分の背中でピースしている環に笑ってはいけないのに笑ってしまう。授業中に何をやってるんだと怒る前に、可笑しくなってしまうからだ。

「とりあえずツーショットに拘ってみました」

先生と僕のね、なんていう環がこっそり写真を集めている姿を想像するからだろうか。授業中や登下校の写真に。心梨の背後霊のように、澄ましていたり、おどけて見せる環が写っていることが可笑しくて。どんな卒業アルバムよりも、心梨を感動させた。

どこを開いても写っているのは二人だけで、こっそり作った環は憎らしいくらいだ。

「大丈夫、心配しなくても写真を撮ったヤツに先生とのことはバレてないよ？」

片想いだとは思われてるかもしれないけど、と言う環は勘違いしているらしい。黙ってしまった心梨を、怒ったのだとでも思っているのだろう。

「違う、………すごく苦労して撮ってくれたんだと思って」

嬉しいんだ、なんて言った途端に涙が零れそうになるけれど。

「先生が気に入ってくれて嬉しい」

泣きたくないから、環にキスをした。すぐに環が笑ってくれることを知っているからだ。

「まだ夏休みまでだけど、これからずっと増やしていくから」

嬉しそうに心梨を膝に抱えたまま、アルバムを開く仕種にくすぐったくなる。ずっと、という言葉が甘くてくすぐったい気分にさせるからだ。

「ここからが本当の秘密アルバムだよ？」

こっそりと秘密を囁くような環に、気をよくして。アルバムへ視線を落とした心梨は。

「な！」

最初の一言を発しただけで、あとは声にならなかった。ショックが強すぎたのだ。

「上手く撮れてるでしょう、この先生なんかすごく可愛いよね」

ご満悦の表情で環が見せる、その写真に写っている心梨がとんでもない格好をしていて。微笑ましくただ一緒に眠っているだけの写真もあれば、裸になって完全に環に何かされているだろう、と万人が指摘《してき》するような写真もあるのである。何よりも、ことごとく一緒に写っている環が言い訳を許さない体勢で心梨に覆い被さっている。言い逃れはできそうにない。

「な、ななななんでこんな写真がっ!?」

その衝撃に、怒りなのか羞恥なのかわからなくなるほど赤くなっていた心梨は。

「してる時の先生、どれくらい可愛いか教えてあげようと思って」

全然気付かなかった？　なんて言う環に頭が真っ白になる。もし気付いていたら、その時点でカメラなんかブッ壊しているだろう。いつも早々に眼鏡を奪われるのには、こんな危険な秘密が潜んでいたらしい。

「もうバレちゃったから、今度は二人でもっと露骨なの撮りましょうね」

デジカメだから家のパソコンで現像できちゃうよ、と呑気に言う環の倒錯《とうさく》ぶりに血の気が上がったり下がったりしてしまう。環は立派な変態だ。倒錯した世界の人である。

「こここっ、今度こんなの撮ったら許さないからなっ！」

真っ赤になって抗議する心梨に、なのに環はキッパリ首を振った。

「ダメです、証拠がないと先生が浮気しちゃうから」

浮気したらバラ撒《ま》いてやる、なんて一歩間違えなくても恐喝《きょうかつ》まがいのことを言って。

「知ってますよ、深草に言い寄られてたこと」

絶対に許さない、なんて物騒な色を浮かべる瞳に心梨はビビってしまいそうになる。

「ちちち違う、先生は先生同士仲良くって、先生がっ」

慌てて言い訳しようとした心梨は、

「古典バカの言うことなんか本気にして僕を追い出したんですね？」

それが完全に裏目に出ていることに気付く。

「先生には愛に付いて深く教育してあげる必要があるようですね」

ピクリと眉を顰めた環に怖がる仕種でギュっと目を瞑ったら。

「一生離してあげないから、覚悟《かくご》しててね」

急に可愛い子ぶったみたいに、環は小さなキスをしてきた。環は巧妙だ。どう考えても心梨が怒るしかないようなことをしたあとで、許してしまうしかないようなことをする。

「おまえ、本当は危ないヤツだろ……」

天才とナントカのナントカのほうだと言った心梨に。

「先生が望むなら、いつでも可愛い奥さんに変身してあげるよ」

嬉しそうに環が抱きしめてくるのは、きっと心梨が本気で怒っていないせいだ。

「ねぇ先生、秘密アルバムの続き作成しませんか？」

数学準備室の写真がないんだよね、なんて卑猥っぽく声を潜めた環に。

「待て、まさかとは思うけど、まさかだよな？」

その続きを聞きたくないように、厳しい顔つきで尋ねたら。

「ふふふ、それはご想像にお任せしちゃいます」

一緒に撮影しちゃいましょう、という声に素早くソファへ押し倒されてしまった。

「やめろ環っ」

必死に逃げようとした心梨は、

「なに言ってるんですか、まだ実力の半分も出してませんよ？」

泥棒より早い手に眼鏡を奪われてパニックになりそうだ。

「出さなくていいッ！」

どんなに必死に叫んでも、もがいても。

「もう手遅れです」

残念でした、なんてキスしてくる唇を避けることはできないし。その気になった環を、止める方法を一つも思い付かないからだ。

「先生、……………大好き」

まるで突然の受難のように、心梨に落ちてきたキスは。今はまだ、誰にも秘密だけれど。

「ずっと、僕だけのダーリンでいてね」

優しいキスと、甘い声に蕩けそうな気持ちになれるから。

「ずっと、先生だけのハニーでいるから」

秘密の恋も、悪くないと心梨は思うのだ。

「環………」

たとえば、こんな風に。授業を抜け出した環と、二人きり。誰にも見つからないように、こっそりと遭難するみたいに秘密のキスをする。

「…………早く卒業しろよ、環のくせに」

二人だけの隠れ家のような数学教室で。キスで目覚める眠り姫みたいに、心梨はそっと瞼を閉じると。大切な秘密の恋を守るように、優しく環の背中を抱きしめたまま。キスを待つ仕種で、その日が来るまで眠ったふりをすることにした。

その我儘な生徒が、卒業して――――ただの恋人になる日まで。

END

■あとがき■

はじめまして、こんにちは竹内照菜《たけうちてるな》です。お久しぶりのラピス文庫。こんなところまで読んでくださってありがとう。少しでも楽しんでいただけたら嬉《うれ》しいです。

今回の心梨《しんり》先生と環《たまき》ちゃんは、なぜか話が進むごとにどんどんラブラブなことになっていって恐ろしいくらいでした。もっとコメディー色の強い転がり型のお話にするはずが、なんだか手を加えるたびにラブっていく一方の二人に自分でも首を傾《かし》げるばかり。

「なぜ!?　なぜこの人たちはこんなにラブってしまうの!?」

そんな疑問に駆《か》られながらも加速していくラブ度は止まらない。やっぱり可愛すぎる環ちゃんのせいなのかも!?（どんな攻めやねん!?）。でも心梨先生にも責任はあるのだ。だって気分は亭主関白なダーリンだし（笑）。可愛いハニーにメロメロだからね（笑）。

こんなに受けの人がハッキリ告白してるお話を書くのは初めてかもしれません。先生は大人で社会人で気分は亭主関白なので、ここはバシっと男らしく告白しなきゃ、とか都合よく決め付けてたんですね。その結果がラブラブでウキウキ。とっても書きやすくて私的には悪くない展開です（笑）。ちょっとクセになっちゃいそうな予感かも。

クセになっちゃうといえば、環ちゃん。なんだかカワイ子ちゃん攻めがマイブームで、世間の時流に逆らって突っ走ってます。

カワイ子ちゃん攻め。それは、どんなに高慢チキで自分勝手でやりたい放題やらかそうとも、必ず最後には受けに「仕方がないな、可愛いヤツめ」と思わせてしまう極めて得な人である。何か酷《ひど》いことをして相手を怒らせた時も、攻めのくせに素早くカワイ子ちゃんに変身してすべてを許してもらうという、悪魔の裏技を持っている姑息《こそく》な人なのだ。

「どうしてこんなに可愛いんだ!?」

そんな疑問を受けに抱《いだ》かせてしまう魅惑《みわく》の攻め（ホンマかいな）。世間の皆様には支持していただけるんでしょうか。書いてて楽しいから、それだけでオールオッケーなんだけどね（笑）。思わず布教《ふきょう》してしまうテリーさんに愛のお手紙をお待ちしております（笑）。

やっぱり基本は自分が書いてて楽しいお話なのかもしれませんね。書いてて、にこにこしちゃうようなお話が好き。あと、ごはん。ごはんを食べてるシーンを書くのが大好き。なんとなく、ごはん食べてる時が一番、その時の気分とか空気とかそういう微妙なものが表れるような気がするから。いつか空気が上手く書ける人になりたいな、って思う。話の作り方とかよりも、そっちのほうが私には重要な問題かも。空気ってすごく難しいから。いつも上手くなりたいって言ってるけど、だって仕方がないのね。もっと上手くなる瞬間が突然くるような希望が捨てきれなくて（笑）。希望だけじゃ叶わないから、努力だけはやめない。頑張った人だけ夢は叶うってイチローも言ってたからね。信じてるの。

　そんな今回のお名前は、いつものように皆様の愛でいただきました。名前は二人とも、送っていただいたお手紙から。名字は悩みに悩んでたんですが、たまたま電話がかかってきたAちゃんに相談したら旅行の日程を決めるついでに？十分ぐらいで付けてもらえたの。とってもラッキーだった今回のお名前。豪華な感じがするのは他力本願の成果です（笑）。本当に何が苦手って登場人物の名前なの。もう毎回パニック。登場人物の名前が一切出てこない話のほうが得意だという噂《うわさ》もあるのですが、編集部の人に殴られそうなので（笑）。文庫などに使える登場人物のお名前、年中本気で大募集しています。よろしくね。

　今回はあとがきのページがとってもたくさんなので、勝手にCMのコーナーを（笑）。あんなにやらないと言っていた同人誌を始めてしまいました。ストレス解消のためだけに始めた、私だけが楽しいシリーズです（笑）。ラピスから出ている勝利《しょうり》とかジンクスとかの続編を中心に、結構コンスタントに本を作っています。東京と大阪のイベントに年三回ずつくらいのペースで参加する予定。サークル名は「ヒューズ」です。よかったら覗《のぞ》いてみてね。通販もしているので、興味のある人は編集部まで返信用封筒を送ってください。ミニ小説や色んな情報が満載のペーパーをお送りします。

ホームページも開設しました。「竹内照菜のハッピーウィルス」という可愛くて素敵なサイトです。管理人は私ではなく、楓《かえで》さんという方なのでご迷惑がかからないようにしてもらえると嬉しいです。（そういう人は来ないから安心してるけど、とりあえず）。

http://village.infoweb.ne.jp/~happy311/index.html
ぜひ遊びに来てください。内容盛りだくさんの上に、いつも遊びに来てくださる常連の皆さんがとっても優しくていい感じです。すぐに仲良くなれるところが素敵なのだ。

今年はボーイズラブのお仕事も私にしては非常に働いているので、楽しみにしててね。次のラピス文庫は来年の夏に出る予定（恋の消防士さんなの）。それまでに他社さんからノベルズとかが四冊ぐらい出てるハズ。ね、とっても働いてるでしょう（笑）。

とりあえず、生きてます（笑）。某ヤヨインにテリーのくせに〜、と言われるほどハイペースで働いてる今日この頃（今までがナマけていたわけでは………）。このまま二倍速ぐらいで走り続ければ年内はいける予感。来年もしも壊れてたら笑ってください。ふふふ。

ここまで読んでくださってありがとう。二十世紀最後の夏に、ハッピーなお話が書けて楽しかったです。別名・カワイ子ちゃん攻め布教本、気に入っていただけたら嬉しいです。感想のお手紙、お待ちしています。これからも、よろしくね。

今年も素敵な夏になりますように。デイヤ！

LAPIS

眠《ねむ》れる数学教室《すうがくきょうしつ》の受難《じゅなん》

この作品を読んでのご意見・ご感想をお待ちしております。
竹内照菜先生には、下記の住所にて、
「プランタン出版ラピス文庫　竹内照菜先生係」まで
桃季さえ先生には、下記の住所にて、
「プランタン出版ラピス文庫　桃季さえ先生係」まで

著　者――竹内照菜（たけうち てるな）
挿　画――桃季さえ（ももき さえ）
発　行――プランタン出版
発　売――フランス書院
東京都文京区後楽 1-4-14 〒112-0004
電話（代表）03-3818-2681
（編集）03-3818-3118
振替　00160-5-93873
印　刷――誠宏印刷
製　本――小泉製本

ISBN4-8296-5215-2　C0193

URL=http://www.printemps.co.jp

LAPIS-LABEL

天国は待ってくれる

竹内照菜

カトリックの学園に転入した遅刻魔・玲史《れいじ》の悩みは敬《けい》虔《けん》なカトリック信徒であり、風紀委員長の悠里《はるさと》の存在だ。小煩《こうるさ》い悠里を追い払うため、聖書で禁じられている姦淫《かんいん》を玲史は迫るが…!?

イラスト／館野とお子

ジンクスで眠れない

竹内照菜

敦士《あつし》に尽くしまくってる勇《ゆう》進《しん》は、自分の気持ちに気づいてくれない敦士にじれて、京都での修学旅行中「両想いスポット」へ敦士を引きずり回すが、とんでもない伏兵《ふくへい》が現れて!?

イラスト／館野とお子

LAPIS-LABEL

過激にI LOVE YOU

若月京子

二人きりの謹慎生活に統摩《とうま》は大満足。嫌がるシキュリールに不埒な行為をしては楽しむのだ。我慢も限界を超えたシキュリールは逃げようとして結界にぶつかり、ショックで記憶喪失に!?

イラスト／桃季さえ

優しい意地悪

せんとうしずく

天《てん》間《ま》蛍《けい》には十年間想い続ける片想いの人がいる。同級生の伊瀬島には「十年間振られ続けてること」と図星をさされるが。そんな蛍をいつも見つめ続けてきた視線は優しくて意地悪な——。

イラスト／桃季さえ

ラピスレーベル

LAPIS-LABEL

冷たいアイツの熱いキス

せんとうしずく

新居の大家の息子、蓮《れん》のカッコよさに一目惚《ひとめぼ》れした由《ゆ》唯《い》は、学校でも蓮につきまとう。だが、一学年下の蓮にガキ呼ばわりされてあしらわれてもめげない由唯をうちのめすできごとが…!?

イラスト／桃季さえ

薔薇の名前Ⅳ　薔薇の夜明け

水戸 泉

フィラードとの闘いの結果、彬《あきら》は自我を失った。彬のためにも『第三の存在』について調べようと大英博物館へ向かう瀬名《せな》の前に新たな勢力が姿を現し…？　注目のシリーズ、驚愕の展開!!

イラスト／青樹 總

ラピスレーベル